KB114809

天魔神教
洛陽本部

천마신교
낙양본부

천마신교 낙양본부 17

정보석 新무협 판타지

초판 1쇄 찍은 날 § 2021년 10월 27일
초판 1쇄 펴낸 날 § 2021년 11월 3일

지은이 § 정보석
펴낸이 § 서경석

편집책임 § 이준영
디자인 § 노종아

펴낸곳 § 도서출판 청어람
등록번호 § 제387-1999-000006호
등록일자 § 1999. 5. 31
어람번호 § 제2-2892호

주소 § 경기도 부천시 부일로 483번길 40 서경B/D 3F (우) 14640
전화 § 032-656-4452 팩스 § 032-656-4453
http://www.chungeoram.com
E-mail § chungeorambook@daum.net

ⓒ 정보석, 2020

ISBN 979-11-04-92395-1 04810
ISBN 979-11-04-92204-6 (세트)

天魔神教
洛陽本部

정보석 新무협 장편소설

FANTASTIC ORIENTAL HEROES

천마신교
낙양본부

17

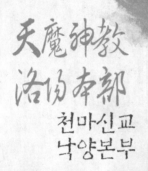

天魔神教
洛陽本部
천마신교
낙양본부

次例

第八十一章

끝이 보이지 않는 높은 바위. 그 사이로 난 길은 구부정해 앞에 뭐가 있는 지 알 수 없었다. 두세 사람이 겨우 나란히 걸을 만한 좁은 길은, 파도처럼 출렁거렸다.

마른 길을 걷다 보니 늪지대에서 스며든 젖은 신발의 발자국이 점차 옅어졌다. 검은색에 가까웠던 발자국 색이 점차 밝은 푸른색으로 변하는 것을 보니, 늪지대에 쌓여 있는 퇴적물은 본래 푸르른 빛깔의 풀이었나 보다.

길이 끝나자 또 다른 늪지대가 나타났다. 큼지막한 암벽 산이 양쪽에 있었고, 그 암벽 산과 늪지대 사이에는 이런저런 천막들이 지어져 있었다. 특히 그 천막들은 절벽을 따라서 점차 올라가고 있었는데, 어떤 것은 공중에 떠 있는 것처럼 보일 지경이었다.

　날붙이가 부딪치는 소리.

　날붙이가 갈리는 소리.

　날붙이를 뽑는 소리.

　날붙이를 쓰는 소리.

　온통 무기에 관련된 소음만이 늪지대에 가득했다.

　그 소음만큼이나 다양한 사람들이 있었다. 피부색부터 시작해서 머리카락과 키, 그리고 복장까지. 중원의 모든 종류의 사람들을 이곳에 다 모아 놓은 것 같았다.

　하지만 한 가지 공통점이 있으니, 바로 코를 뻥 뚫어 버리는 듯한 악취. 안 그래도 예민한 감각을 가진 운정은 그의 눈에 보이는 모든 사람들의 인내를 맡을 수 있었다. 모두들 태어나서 한 번도 몸을 씻지 않은 듯했다.

　그들은 서로가 하는 일에 전혀 관심을 두지 않고 자기가 할 일만 하고 있었다. 어떤 이는 천막을 고치고 있었고, 어떤 이는 무공을 수련하고 있었다. 또 어떤 이는 장사를 하고 있었고, 또 어떤 이는 무기를 정비했다.

　여기까지는 도시의 저잣거리에서도 충분히 볼 만한 광경이다.

하지만 조금만 집중해서 보면 경악할 만한 짓을 아무렇지도 않게 하는 것을 알 수 있었다. 누구는 짐승을 서서히 죽이며 즐거워하고 있었고, 누구는 쭈그려 앉은 채 똥오줌을 배설했다. 또 어느 남녀는 늪지에서 하나가 되어 있었고, 또 누구는 그걸 보면서 바지춤에 손을 넣었다.

수치를 모르고 짐승처럼 사는 무인들.

무림인들은 이들을 낭인(浪人)이라 불렀다.

운정은 굳이 그 더러운 광경에 시선을 더 두지 않았다. 절벽 쪽을 훑어보며 감옥으로 보이는 곳을 찾았다. 그러자 왼편 절벽 멀리서, 듬성듬성 창살이 있는 동굴들이 보였다.

대문파로 성장한 백도문파는 대부분 악인들을 가두기 위해서 문파 내 구속 시설을 갖추는데, 이곳은 창암문의 감옥인 듯싶었다.

그리고 창암지모의 말이 사실이라면, 정채린은 그곳 중 하나의 방에 있을 것이다.

아쉽게도, 그쪽으로 올라가는 길은 늪지대를 한참 걸어서 가야했다. 운정은 짧게 고민하더니, 제운종을 펼쳐서 왼쪽 절벽을 탔다.

그는 중력을 거슬러 절벽을 땅처럼 밟고 뛰었다. 그러자 몇몇 낭인들이 그의 모습을 발견하고 말했다.

"뭐야?"

"저, 저건?"

아무리 자기 일 말고는 관심이 없는 사람들이라 할지라도, 사람이 벽을 타고 뛰는데 관심을 두지 않을 수는 없었다.

낭인들은 하나둘씩 운정을 바라보게 되었고, 모두가 그를 보게 되기까지 오랜 시간이 걸리지 않았다.

운정은 마지막 발걸음을 내딛으며, 감옥 쪽으로 올라가는 길의 시작점에 섰다.

그곳에는 남들보다 세 배는 커 보이는 거구의 사내가 있었다. 그는 절벽의 튀어나온 부분에 자신의 엉덩이를 긁고 있었는데, 운정이 갑자기 앞에 나타나자 인상을 잔뜩 찌푸렸다.

"너 뭐야? 왜?"

하반신만 간신히 가린 그는, 어깨로 철퇴를 짊어지고 있었다. 그 철퇴의 끝은 그의 머리통만큼 컸다. 그는 여전히 엉덩이를 들썩거리며, 절벽에 뒤처리를 계속했다.

운정은 그에게 말을 걸지 않고 그를 지나쳐 절벽 옆으로 난 길을 올라가려했다. 그러자 그 거구의 남자가 손을 뻗었다. 그의 손은 운정의 얼굴보다 커서, 얼굴을 한 손에 잡을 수 있을 듯했다.

그 손가락이 오므라졌을 때, 운정의 몸이 흐릿하게 변했다.

"아니?"

드디어 그 거구가 뒤처리를 멈췄다. 그는 아무것도 잡지 못한 자신의 손을 한 번 보더니 곧 멍청한 얼굴로 주변을 바라보았다.

운정은 이미 저만치서 절벽 옆에 난 길을 걷고 있었다.

그 거구는 왼손을 뒤로 가져갔다. 그리고 자신의 엉덩이 사이를 벅벅 긁더니, 그 손을 입 주변으로 가져와 후후 불었다.

"백의이긴 하지만, 모양을 보니 창암문 제자인가? 야? 내 말 안 들려?"

운정은 걸음을 멈추지 않고 계속해서 걸어갔다.

그러자 남자는 피식 웃더니 운정에 뒤통수에 대고 더 크게 말했다.

"뒤도 안 돌아보고 걸어가는 것 좀 봐라? 응? 그렇게 급하냐? 야야야, 다 순번이 있어 순번이. 화산파 계집이 예쁜 건 알지만 목숨보다 중하겠냐?"

그 말에 운정의 몸이 그 자리에 우두커니 섰다.

그는 몸을 돌려 그 거구를 보았다.

"화산파의 정채린 소저를 말하는 겁니까?"

거구는 씨익 웃으며 몇 개 없는 치아를 내보였다.

"아, 맞아. 그 이름도 찬란한 검봉 정채린! 크흐흐. 맞아. 그년 이름이 정채린이긴 하지."

"……."

운정이 아무런 말을 하지 않자, 그 남자가 갑자기 험악한 표정을 지었다.

"아무튼. 그년 얼굴 보고 싶으면 일단 돈을 내. 네가 창암문 제자라고 해서 내가 무서워할 줄 아냐? 응? 어디어디 출신 뭐시기다 라고 내 앞에서 까불던 놈들은 다 내 철퇴의 먹이가 되었어."

운정은 작게 숨을 내쉬었다.

그리고 그의 두 눈에서 강렬한 투기가 발산되었다.

그러자 그 거구는 자기도 모르게 뒷걸음질을 쳤다.

그는 당황한 표정으로 주변을 바라보았다.

그 늪지대에 있던 모든 낭인들이 이리의 눈을 하고 그를 바라보고 있었다.

거구의 눈동자가 흔들거리는데, 곧 그는 비릿한 표정을 짓고는 운정을 쏘아보았다.

"이봐! 꽤나 고수인가 봐? 응? 기세가 아주 좋네. 그런데 말이야. 만약 창암문에서 네놈이 여기 왔다는 것을 알면? 응? 그러면 어떻게 될까? 계집애 얼굴에 홀려 가지고 암택곡(巖澤谷)까지 내려왔다는 걸 네 사부가 알게 되면? 넌, 씨발, 바로 파문이야. 응? 그러니까 조심해. 내가 조용히 있기를 바라면 말이야."

그 말에 운정은 눈을 살짝 감았다.

그리고 나지막한 말로 말했다.

"돈을 받는다는 것이 정확히 어떤 의미이오? 뭐에 대해서 돈을 받는다는 거요?"

거구는 자신감을 되찾았는지, 여유로운 표정을 지어 보였다.

"뭐긴 뭐야. 감상비지."

"감상비?"

그는 고개를 끄덕거렸다.

"그래, 감상비. 아름다운 보물을 감상하려면, 응? 그에 상응하는 대가를 줘야 할 것 아니야? 검봉 정채린의 얼굴은 충분히 감상비를 걸을 만하지. 안 그래?"

"얼마나 되오?"

거구는 팔짱을 끼고는 운정을 위아래로 훑어보고는 말했다.

"얼마냐고? 흐음. 보자. 은자 하나면 돼. 아니면 은전 하나."

운정은 품속에서 은원보를 꺼냈다. 그리고 그것의 끄트머리를 잘라 그에게 던져 주었다.

"그것으로 은자 하나는 충분할 것이오."

운정은 그렇게 말한 뒤에, 몸을 돌려 다시 절벽 길을 타기 시작했다.

그런데 거구가 발을 쿵쿵 굴리며 운정에게 다가왔다.

"잠깐."

운정이 몸을 홱 하고 돌리자, 그는 주변을 한 번 스윽 훑어 보더니, 입맛을 한 번 다시고는 운정에게 말했다.

"은전 하나로는 충분하지 않겠어."

"아까는 은전 하나라고 하시지 않으셨습니까?"

"하나라고 하긴 했지."

"그런데?"

"하지만 말이야. 그건 네게 은원보가 있었다는 걸 몰랐으니 까 한 말이라고. 은원보가 있었으면 그걸 다 줘야 해."

"왜 그렇습니까?"

"뭐?"

운정은 차분한 눈길로 그를 바라보더니 말했다.

"왜 그렇습니까?"

거구는 피식 웃었다.

"그야 내 마음이지."

"안 주면? 그러면 어떻게 할 것입니까?"

"그렇다면 창암문에서 네가 이곳까지 내려왔다는 걸 알게 될 것이다."

운정은 고개를 몇 차례 끄덕이더니 말했다.

"이미 알고 있습니다. 그럼."

운정은 다시 몸을 틀어서 걷기 시작했다.

그러자 거구의 표정이 붉으락푸르락해졌다. 그는 마구 흔들리는 눈빛으로 주변에서 자신을 바라보는 낭인들을 또다시 훑어보더니, 곧 침을 딱 뱉으며 말했다.

"젠장!"

그는 그렇게 말한 뒤에 철퇴를 들었다가, 운정을 향해서 휘둘렀다.

운정은 오른손 검지를 들어서 왼손의 옆구리 사이로 슬쩍 뻗어 그 남자의 미간에 조준했다.

꽝-!

짧은 파공음이 울리고 거구의 몸이 뒤로 꼬꾸라지기 시작했다.

쿵.

절벽 아래쪽으로 쓰러진 거구는 입을 딱 벌리고 누었다. 그의 미간에는 운정의 지문이 그대로 남아 있었다.

그 광경을 바라보던 낭인들은 서로의 얼굴을 바라보았다. 그러나 그들 중 누구도 그 수법에 대해서 명쾌한 답이 없는지 아무도 말을 하지 못했다.

"크으으응. 으응."

거구는 신음을 흘리며 몸을 꿈틀거렸다.

운정은 절벽 길을 타고 계속해서 올라갔다.

절벽 길 옆으로는 방 하나 정도 되는 크기의 동굴들이 있었다. 대부분은 비어 있었지만, 사람이 있는 곳은 여지없이 쇠

창살에 막혀 있었다. 그중 한 사람은 무언가를 손으로 먹고 있었는데, 그 눈빛에 살기가 흐르는 걸 보면 꽤 많이 사람을 죽인 자 같았다.

절벽 길 중간쯤엔 그 길이 유독 얇아지는 구간이 있었다.

그곳에 한 남자가 검을 품에 들고 서 있었다.

얼굴에 십자 모양의 큰 흉터를 가진 그는 운정을 계속해서 주시하고 있었다.

그의 앞에 다가간 운정이 그에게 말했다.

"길을 비켜 주시오."

그 남자는 검을 손으로 들더니 말했다.

"감상비를 내야지."

"아래서 지불했소만."

"아? 그래? 그럼 여기선 통행비야."

"갑자기 말이 달라졌소?"

"통행비. 안 내면 못 가. 백의 창암문 친구."

"……"

운정이 아무런 말을 하지 않고 그를 바라보자, 그가 검집째 바닥을 툭툭 두드리며 말했다.

"이 길이 얼마나 좁은지 봐 봐. 내가 안 비키면 절대로 지나갈 수가 없어. 그렇다고 미녀 얼굴 한번 보겠다고 목숨 한번 걸어 보겠어? 옆에 절벽 보이지? 떨어지면 즉사야. 잘 생각해,

창암문 친구."

"……"

그 남자는 갑자기 능글맞은 미소를 짓더니 그에게 말했다.

"큭큭큭. 이봐. 지금쯤 말이야. 응? 딱 그 계집이 대변을 볼 때란 말이지. 흔치 않다고? 이런 기회는. 지금 때를 놓치면 언제 또 그 엉덩이를 보겠어? 안 그래? 큭큭큭. 그러니까 그냥 곱게 은전 하나 내놓고 들어가. 응? 충분히 시간 줄 테니까. 아, 맞다. 꼭 절벽 쪽으로 해. 알았지? 바닥에 흔적 남으면 들킨다고, 응? 알아들어?"

운정은 더 이상 듣지 않고, 그의 옆을 지나쳐 걸었다.

공중을 밟고.

그 남자의 입이 딱 벌어지는데, 운정이 그를 돌아보지도 않고 말했다.

"당신의 길을 사용하지 않았으니, 통행료는 지불하지 않겠습니다."

"그, 그… 그, 그러십시오. 크흠. 저, 저는 보, 볼일이 있어서. 그럼, 대인!"

그 남자는 냉큼 포권을 취하고는 순식간에 사라졌다.

운정은 다시금 걸음을 걸었다.

얼마나 걸었을까?

길의 끝이 보였고 그 끝에 위치한 마지막 감옥도 보였다.

운정은 그 감옥 앞에 섰다.

그 안에는 한 여인이 있었다.

그 여인은 몸을 바들바들 떨며, 방구석에 얼굴을 박은 채 쭈그려 앉아 있었다.

양손으로 귀를 막고 입으로 끊임없이 무언가를 중얼거렸다.

운정이 말했다.

"정 소저."

그 한마디에, 여인의 떨림이 일순간 멈췄다.

운정은 다시금 불렀다.

"정 소저, 납니다, 운정."

정채린은 미동도 하지 않았다.

구석에 앉은 그대로 가만히 있었다.

아무리 기다려도 그녀가 아무런 말을 하지 않자, 운정이 다시금 말했다.

"괜찮으십……."

정채린은 운정의 말을 갑자기 끊었다.

"눈을 감아 주세요. 아니, 뒤돌아서 줘요."

"……."

"뒤돌아서 주세요. 제발."

다행히 목소리는 크게 달라진 것이 없었다.

운정은 그녀가 시키는 대로 몸을 돌렸다.

그리고 청명한 창암산의 하늘을 바라보았다.

뒤에서 부스럭거리는 소리가 들리더니, 서서히 그녀가 다가오는 것이 느껴졌다.

창살 하나를 사이에 두고, 정채린이 말했다.

"당신이 진짜 운정 도사라면 눈을 감고 몸을 돌려 주세요. 얼굴을 확인하겠어요."

운정은 이번에도 역시 시키는 대로 했다.

그가 눈을 감고 돌아서자, 정채린은 몇 발자국이나 뒷걸음질 치다가, 곧 그 자리에 주저앉으며 흐느끼기 시작했다.

"정말로, 당신이군요, 운 랑."

운정은 눈을 감은 채로 말했다.

"정 회주."

"……."

그 말에 눈물을 흘리던 정채린의 두 눈이 크게 떠졌다.

운정이 나지막하게 말했다.

"천마신교에선 아직 정 회주를 필요로 합니다. 나와 함께 갑시다."

정채린은 떨려 오는 호흡을 최대한 가다듬고, 양손을 들었다. 그리고 눈물로 자신의 얼굴을 닦았다.

그녀는 심호흡을 계속했다. 한 번 숨을 내쉴 때마다 그 안에 담긴 떨림이 기하급수적으로 옅어졌다.

네 번 정도 호흡했을 때, 그녀는 울음기가 전혀 섞이지 않은 어투로 말했다.

"날 구하러 이곳까지 오신 겁니까?"

"예."

"왜요?"

"지난날의 과오를 씻고 싶습니다."

"무슨 과오요?"

"화산에서 일어난 일에 대해서 말입니다."

"그 일은 운정 도사의 책임이 아닙니다. 운정 도사께서는 아무 과오도 없으십니다."

"그렇다면 이건 호의라 생각하십시오."

"그럼 왜 제게 호의를 베푸시는 겁니까?"

"회원으로서, 회주에게 호의를 베풀 수 없다는 겁니까?"

정채린은 한동안 말이 없었다.

그녀는 자리에서 벌떡 일어나며 말했다.

"회원으로서, 회주에게. 맞습니까?"

운정은 고개를 끄덕였다.

"맞습니다."

그녀는 거친 숨소리를 한 번 내었다.

그러나 곧 전과 다름없는 냉랭한 투로 말했다.

"외투 하나를 하의에 걸치신 듯한데, 혹 빌려주실 수 있겠습니까? 지금 입고 있는 옷은 오랫동안 갈아입지 못해 냄새가 심할까 염려됩니다."

"이곳저곳이 타서 구멍이 났습니다. 제가 입고 있는 창암문의 의복을 드리겠습니다."

정채린은 단호하게 거절했다.

"아닙니다. 운 회원께서 그렇게까지 하실 필요는 없습니다. 구하러 와 주신 것만으로도 감사한데, 옷까지 뺏을 순 없습니다. 구멍 난 의복이라도 주시면 감사하겠습니다."

"하지만 여인이 입을 옷이 못 됩니다."

"난 여인이기 전에 회주이며 무림인입니다. 이깟 몸뚱이가 밖에 보이는 건 제게 아무 일도 아닙니다."

"……."

"부탁드리겠습니다."

운정은 허리에 두르고 있던 나리튭이 섞인 의복을 그녀에게 주었다. 그녀는 입고 있던 해진 옷을 벗어던지곤 운정이 준 옷을 걸쳐 입었다. 크기가 조금 커서 남은 부분을 허리춤에 둘렀는데, 이곳저곳 타들어 간 구멍 때문에 속살이 엿보였다.

그녀는 고개를 움직여 이리저리 둘러보았다. 가슴이나 둔부 부분도 심심치 않게 드러나 있었다. 그녀는 이를 악물었지만, 끝까지 속에 있는 말을 꺼내지 않았다.

운정이 말했다.

"다 입으셨으면 꺼내 드리겠습니다."

"예. 그리고 눈은 계속 감지 않으셔도 됩니다."

운정은 그 말을 무시하고는, 창살을 잡았다.

그것은 보통의 쇠창살로 내력을 담아 뽑으니 쉽게 뽑혔다.

그런데 왜 정채린은 가만히 이곳에 있었을까?

몇 개를 더 뽑은 운정이 정채린에게 말했다.

"혹 내력을 잃으셨습니까?"

정채린이 대답했다.

"음식에 산공독(散功毒)을 넣는지, 내력을 쓸 수 없습니다. 해독하게 되면 다시 쓸 수 있게 되지 않을까 합니다만. 이럴 줄 알았으면 마단으로 역혈지체를 이룰 걸 그랬습니다."

대부분의 독은 내력으로 태울 수 있다. 그러나 그중에도 태우지 못하는 독들이 있으니, 이를 극독(劇毒)이라 칭한다. 산공독은 이 극독 중 칠소극독(七小劇毒)에 속하는 것으로 내력을 흩어 버리는 특유의 효과 때문에 내력으로 태울 수 없었다.

운정이 그녀에게 말했다.

"제가 잠시 봐도 되겠습니까? 내력으로 태울 수는 없어도, 유도하여 밖으로 배출할 수 있게는 할 수 있을 겁니다."

"……"

정채린이 아무 말 하지 않자, 운정은 오른손을 앞으로 뻗으며 말했다.

"이 손을 잡고 검지와 중지를 단전으로 인도해 주십시오."

그녀는 곧 운정에게 다가와 그의 손을 잡으며 말했다.

"눈을 뜨셔도 됩니다."

운정이 말했다.

"단전으로 인도해 주시지요."

마치 그녀의 말을 전혀 듣지 못한 것 같았다.

정채린의 두 눈에는 분이 올라왔는지 금세 핏발이 섰고, 잠시 후 눈물 두 줄기를 흘려보냈다.

그녀는 곧 고개를 옆으로 살짝 돌리더니, 왼손으로 얼굴을 닦고는 그 자리에 가부좌를 틀고 앉았다.

그리고 운정의 양 손가락을 자신의 단전쯤에 가져가니, 운정도 절로 한쪽 무릎을 꿇고 앉게 되었다.

부서진 창살 사이로, 정채린이 나지막하게 말했다.

"됐습니다."

운정은 살짝 고개를 끄덕인 후, 내력으로 그녀의 몸을 살폈다.

그녀의 단전은 내력으로 가득 차 있었다. 그러나 그 내력이 흐르는 길을 방해하는 무언가가 기혈을 막고 있었다.

운정은 자신의 내력을 불어넣어, 그 방해물을 조금씩 위로 밀어냈다. 정채린은 고통스러운지 아미를 찌푸렸지만, 계속해서 참아 내며 자세를 유지했다.

운정은 그 방해물을 끝까지 끌어 올려서, 그녀의 폐로 인도했다. 그리고 그 폐를 통해서 일순간 밖으로 배출했다.

"쿨컥."

정채린은 검은 피를 토해 냈다. 그 속에는 파란 빛을 내는 물질이 더러 섞여 있었다.

운정이 단전에서 손을 떼며 말했다.

"이제 내력을 운용하실 수 있을 겁니다. 그런데 마기가 전혀 없는 것을 보니, 마공을 익히지 않은 겁니까?"

정채린은 입가에 흐른 피를 손으로 닦으며 대답했다.

"옥녀마공을 익혔지만, 무슨 묘리에선지 옥녀신공처럼 운용되고 있습니다. 마기가 모조리 사라진 것처럼 말입니다."

"그렇군요."

정채린은 온몸에 돌아다니는 내력을 느끼며 말했다.

"너무나 깔끔하게 해독해 주셨군요. 내공을 운기할 것 없이 바로 사용할 수 있을 것 같습니다. 한번 시험해 볼 테니, 잠시만 기다려 주십시오."

"예."

정채린은 벌떡 일어나더니, 한쪽으로 걸어갔다. 그리고 손을 동그랗게 말아쥐고 검무를 추었는데, 내력이 잘 도는 것을 확인한 후 그만두었다.

그녀가 운정에게 말했다.

"감사합니다. 완전히 회복한 것 같습니다."

운정도 자리에서 일어났다.

"그럼 천마신교로 돌아갑시다."

운정이 슬쩍 몸을 비켜서자 정채린이 그를 물끄러미 바라보 았다.

그러다가 먼저 절벽 길을 걸었고, 운정이 뒤를 따랐다.

정채린은 길을 걸으면서도 연신 운정을 뒤로 흘겨보았다.

운정은 그때까지도 눈을 감고 있었다.

그녀가 툭하니 말했다.

"길이 불편합니다. 눈을 뜨시지요."

운정도 툭하니 말했다.

"괜찮습니다."

그의 입술이 다부지게 닫히는 것을 본 정채린은 결국 앞으 로 고개를 돌릴 수밖에 없었다.

그렇게 얼마나 걸어 내려갔을까?

낭인으로 보이는 한 남자가 헐레벌떡 위로 올라오고 있었 다. 그는 정채린을 보더니, 대뜸 칼을 뽑아 들고 혀로 입술을 핥았다.

"하하. 이년아! 내가 그리워서 벌써 내려온 거냐! 흐흐흐.

호마 형제도 뭐도 없으니 네년은 본좌가 먼저 탐해 주마."

그녀는 더 듣지 않고 빠르게 앞으로 치고 나아갔다.

그리고 그 낭인의 가슴을 발로 차며 그 검을 빼앗아 들었다.

"어어엇?"

그 낭인은 중심을 잡지 못하고 넘어지다가, 겨우 절벽 끝을 잡고는 버텼다.

핼쑥해진 그 낭인을 내려다보며, 정채린이 검을 그의 미간 쪽으로 뻗었다.

탁.

정채린은 자신의 팔뚝을 잡아 검격을 막은 운정을 돌아봤다.

운정이 여전히 눈을 감은 채 평소와 다름없는 표정으로 말했다.

"살해하지 마십시오."

정채린은 허탈한 숨을 내쉬더니 말했다.

"여전하시군요, 운 소협."

"여인을 희롱한 것이라 하여 그것이 죽음에 이르는 죄라 할 수는 없습니다."

"이자는 낭인입니다. 살인과 겁탈을 밥 먹듯이 하는 자라고요."

"그건 모르는 일입니다. 당신도 나도."

"……."

"죽이지 마십시오."

정채린은 어이없다는 미소를 짓더니 말했다.

"좋습니다. 죽이지는 않지요. 홀로 창암문을 뚫고 이곳까지 오신 운 소협께서 그리 말씀하시는데, 제가 감히 반기를 들 수 있겠습니까? 하지만 보지 말아야 할 것을 보았으니, 눈을 뽑을 것입니다. 그는 나를 희롱하고 제 사문을 능멸했으며……."

그녀는 더 말하지 못했다. 입가가 파르르 떨려 더 이상 말이 나오지 않은 것이다.

운정이 말했다.

"그렇게까지 하셔야 합니까?"

정채린의 눈빛이 도끼날처럼 변했다.

"그렇게 해야만 하는 겁니다. 이자가 무엇을 하기 위해서 여기까지 올라왔는지 운 소협께서는 정녕 모르십니까? 절 겁탈하기 위해서가 아니라면 무슨 이유에섭니까? 이자들이 지금껏 창암문의 눈치가 보여 감옥 밖에서 보기만 했지, 만약 그렇지 않다면……."

"……."

그녀는 더 말하지 않았고, 운정도 아무 말 할 수 없었다.

정채린은 분노의 숨을 한 번 내쉬고는 나지막하게 말을 이었다.

"말씀대로 목숨을 취하지 않겠습니다. 그러니 더는 방해치 마십시오."

운정은 그래도 한참을 그녀의 팔을 잡고 있었지만, 결국은 내릴 수밖에 없었다.

그 즉시 정채린은 검을 휘둘렀다.

"크아악!"

남자는 눈이 뽑히는 고통에 비명을 질렀다. 그리고 곧 손에서 힘이 빠져 추락하려 했다. 그럼에도 정채린은 다시금 손을 들어 남은 눈을 향해 검을 찌르려 했다.

그때 운정이 경공을 펼쳐 그 낭인의 팔을 붙잡았다. 그대로 위로 끌고 와서 비어 있는 동굴 안에 그를 밀어 넣었다.

그는 뽑힌 한쪽 눈을 부여잡고는 신음했다.

운정이 그 동굴 앞에 서서 살기가 흉흉한 정채린을 바라보며 말했다.

"눈 하나로 족하리라 생각합니다."

정채린은 이를 한 번 바득 갈고는, 그대로 몸을 돌려 절벽 길 아래로 경공을 펼쳤다.

운정은 뒤돌아서서 고통에 몸부림치는 낭인을 향해 말했다.

"앞으로 죄를 짓지 마십시오."

"크흐흑. 으윽. 으으으아."

그는 분노의 괴성을 지르며 몸을 비틀었다.

운정은 한숨을 내쉬고는 정채린을 쫓았다.

앞에서 연속해서 비명 소리가 울렸다.

"아악. 으윽."

"크흐흑. 하윽."

절벽 길에는 한쪽 눈이 뚫려 신음하는 낭인들이 계속해서 나타났다. 개중에는 고통에 몸부림치다가 절벽 아래로 떨어지려는 자들도 많았다. 운정은 그들을 한 명 한 명 들어서 다시 빈 동굴에 두고는 더욱 더 걸음을 빨리하여 절벽 길을 내려갔다.

"으으. 으으."

"흐아. 흐아아."

텅 빈 한쪽 눈에서 피눈물을 흘리는 낭인들은 가면 갈수록 많아졌다.

운정은 한 사람도 빼놓지 않고, 그들을 동굴에 넣어 주고는 더욱 빠르게 내려갔다.

절벽 길의 끝이 보였고, 암택곡(巖澤谷)이 나왔다.

그곳에서, 정채린은 검 하나를 들고 낭인들을 모두 상대하고 있었다. 낭인들은 모두 탐욕 어린 시선으로 그녀를 훑어

보며 각종 모욕적인 말을 내뱉었고, 정채린은 그 말들을 모두 묵묵히 들으면서, 검공을 펼쳐 기회가 될 때마다 낭인들의 눈을 찔렀다.

이미 열 명이 넘어가는 자들이 눈이 뚫려 바닥을 뒹굴고 있었음에도, 다른 낭인들은 그 자리에서 도망갈 생각을 하지 않았다.

"야야야, 너무 상하지 않게 하라고. 응? 특히 얼굴은 말이 야."

"공격해. 어서! 저년 하나잖아! 다들 왜 주춤거리는데?"

"아 씨, 내가 공격한다. 응? 대신 내가 먼저야, 알았어?"

그 낭인은 자신의 독문 무기를 들고 정채린에게 달려들었고, 두세 번의 공격을 끝으로 한쪽 눈이 파여 그 자리에서 나동그라졌다.

"……."

"……."

귀신같은 검 솜씨에 낭인들의 얼굴이 삽시간에 굳었다. 방금 당한 낭인은 꽤나 무공이 강한 자 중 하나였으니, 그가 몇 초식 만에 죽은 것은 모두에게 충격이었을 것이다.

낭인들은 하나둘씩 무기를 내리기 시작했다. 또 몇몇은 뒤로 물러나기까지 했다.

그런데 그런 그들 앞에 정채린이 다시금 앞으로 걸어 나왔다.

이곳저곳이 엿보이는 색정적인 옷과 그 안에 아슬아슬하게 숨겨진 천상의 여체는 자리를 떠나려는 모든 낭인들의 눈길을 사로잡았다.

두려움이 가득 찼던 눈들은 다시금 욕망으로 불타오르기 시작했다.

"사로잡기만 하면. 흐흐흐."

"그래, 그래. 한 번만. 한 번만 치명상을 입히면 돼!"

슬금슬금 뒤로 물러나던 낭인들이 다시 앞으로 나왔다.

무기를 내리던 낭인들도 다시금 손에 힘을 주었다.

그들은 뭔가 홀린 것처럼 정채린을 향해서 달려들었다.

정채린은 오물로 점쳐진 늪지대에서 홀로 검무를 추었다.

"으악! 크학!"

"으아!"

"내, 내 눈! 내 눈!"

낭인의 팔 할 이상이 당할 때까지, 그들은 환상에서 벗어나질 못했다.

그나마 현실을 직시한 자들은 도망갈 결심을 굳히고는 하나둘씩 그 늪지대를 빠져나가기 시작했다.

정채린은 말한 대로 한 명도 살해하지 않았다. 한쪽 눈을 뽑았다면, 그 이상 더 공격하지 않았다. 때문에 운정은 절벽 길 시작점에 서서, 정채린의 싸움이 끝날 때까지 기다려 주었다.

그녀는 그녀 앞에 마지막까지 서 있던 낭인의 한쪽 눈을 검으로 찌르고는 도도하게 섰다. 그녀의 주변에는 고통에 신음하는 낭인들이 흙탕물에서 몸을 떨며 누워 있었다.

검을 옆으로 버려 버린 그녀는 운정을 올려다보며 차가운 목소리로 말했다.

"서 있지만 말고 도와주지 그러셨어요?"

"내가 도와줄 것이 없어 보였습니다. 회주께서 충분히 상대할 만한 자들이었으니까."

운정은 여전히 눈을 감고 있었다.

정채린은 한쪽 입꼬리를 올리더니, 그에게 천천히 다가갔다.

그리고 그의 앞에 서더니 말했다.

"지금까지 눈을 감고 계셨으면서, 그것을 어찌 아셨나요?"

"기감을 활성화 시켰……."

정채린은 운정의 입술에 입술을 맞추었다.

운정의 눈이 드디어 뜨였다.

한동안 혀가 섞이고, 타액이 섞였다.

운정은 눈을 질끈 감더니, 그녀의 양 어깨를 붙잡고 그녀를 밀쳐 냈다.

밀려난 정채린은 차가운 눈빛으로 운정을 보았다.

운정은 눈을 감고 있었다.

그 모습에 그녀는 다시금 달려들었다.

하지만 그녀의 어깨를 잡고 있던 운정의 팔은 마치 굳어 있는 것처럼 움직이지 않았다.

"그만하십시오."

정채린이 한쪽 입꼬리를 올렸다.

"왜요? 좋으시잖아요?"

운정의 표정이 살짝 굳었다.

"그만하십시오."

정채린은 그를 말없이 바라보다가 곧 툭하니 말했다.

"기억나세요, 운 소협? 나한테 정조를 지켰다고 변명하시던 거? 청아랑 자지 않았다고 그러면서 제 마음을 붙잡으려 하셨잖아요?"

"……."

"저도 마찬가지예요. 감옥에 있으면서 온갖 희롱을 당하고, 수치를 당했지만, 제 몸을 만진 사람은 단 한 명도 없어요. 저도 제 정조를 지켜 냈어요. 당신의 말을 믿을게요. 그러니 당신도 내 말을 믿어 줘요. 난 아직 남자를 모르는 몸이에요."

"……."

"솔직히 말할게요. 당신이 청아랑 잤든 안 잤든 상관없어요. 나는 남자에게 몸을 허락한 일이 없고, 그건 하늘이 아시는 명백한 사실이니까. 하지만 시간이 지나면 어떻게 됐을지는 모르죠. 그런 상황에서 당신이 절 구해 줬어요. 그러니 당신이 나를 원한다면 당신께 드리죠. 당신은 자격이 있어요."

운정은 결국 눈을 떴다.

정채린의 두 눈은 깊은 미소를 품고 있었다.

하지만 그 속 깊은 곳에는 형용할 수 없는 분노가 자리하고 있었다.

그 분노는 누구를 향한 것인가.

운정이 나지막하게 말했다.

"전 신무당파를 개파하였습니다. 이미 많은 시간을 빼앗기고 있어, 그 일에 집중할 수 없는데, 가정을 가지면 아마 신무당파의 기초를 다지는 일은 더 이상 불가능할 겁니다."

그러자 정채린의 표정이 다시금 차갑게 변했다.

"운 소협, 그거 아세요? 운 소협은 항상 이랬어요. 여자의 마음을 빼앗고는 아닌 척 굴면서 내심 즐기셨죠. 여인들이 자신의 잘생긴 얼굴을 동경하는 눈빛으로 바라보는 것을 속으론 좋아했어요."

"……"

"지금도 마찬가지예요. 이제 와서 날 거절하시겠다는 건가요? 나에게 마음이 없다면, 애초에 절 구하러 오지 마셨어야

죠. 나에 대해서 아예 신경을 끄셔야지요. 언제부터 천마신교를 중요하게 여기셨나요? 언제부터 과오를 중히 생각하셨나요? 천마신교가 회주를 필요로 하니 구하러 오셨다, 과거의 과오를 씻기 위해서 왔다, 그런 말 같지도 않은 이유로 절 구하시는 건가요?"

"……."

"거짓말하지 말아요. 속에 있는 말을 해요. 마음에 품은 말을 꺼내요."

운정은 차마 그녀의 얼굴을 더 이상 바라보지 못하고 눈길을 내렸다.

땅을 바라보며, 운정이 나지막하게 말했다.

"당신을 좋아했습니다. 하지만 동시에 소청아에게도 마음이 있었습니다. 그뿐이겠습니까? 나를 우러러 보는 여인들의 시선을 좋아했습니다. 제 얼굴을 보는 순간부터 모두들 제게 호감을 가지는 것을 알았지요. 이계에 가서도 마찬가지입니다. 그곳에서도 아름다운 여인들이 있었지요. 거기서도 전 여전히 아닌 척하며 그들의 관심을 즐겼습니다."

"……."

"아마, 제가 이곳에 온 것도 당신에게 같은 마음 때문일 겁니다. 제가 당신에게 품은 마음은 아마 딱 그 정도의 마음일 겁니다. 당신이 날 거절하고 떠났기에, 아쉬움과 안타까움이 남아서 당신의 마음을 얻고자 한 것이지요."

정채린은 그런 그를 보며 눈물이 글썽거리는 두 눈으로 말했다.

"그래서요? 이제 통쾌하세요? 당신을 거절했던 제 마음을 다시 가지니 좋아요? 이제는요? 이젠 더 재미없으세요? 마음을 가졌으니, 더는 필요치 않으세요?"

"⋯⋯."

"더 매달릴까요? 더 애걸할까요? 당신의 발아래에서 무릎이라도 꿇을까요? 당신의 몸을 타고 기어가서 남성이라도 핥아 줄까요? 아주 맛있다 하던데요? 나도 그 맛을 알게 해 줄래요?"

운정은 얼굴을 일그러뜨리더니 고개를 확 돌렸다.

"그 일에 대해서 소청아가 어떻게 말했는지는 모르겠지만, 전 그녀가 하의를 내리려는 순간 밀어냈습니다. 그 전에도 그 후에도 그녀와 성적인 관계는 없었습니다. 애초에 그런 행동을 그녀가 보인 건, 저와 당신 사이를 이간질하려고 한 것입니다."

"그녀와 대화해 보라고 절 억지로 그 지하에 끌고 간 건 운소협이었어요."

"어렸습니다. 그녀가 순수하게 진실을 이야기할 거라 생각했었습니다."

"매일 밤 당신과 날이 새도록 즐겼다는데요? 당신이 그녀를 노예처럼 부렸고, 그녀는 그것이 즐거웠다 했어요. 그렇게 평생을 살고 싶다고 말했어요. 그것이 다 거짓이라는 건가요?"

운정은 정채린의 눈을 똑바로 바라보며 말했다.

"그녀와 관계를 맺은 일은 결코 없습니다. 믿어 주십시오. 순간순간 유혹이 없었다는 것을 부정하진 않겠습니다. 또 마음이 온전히 당신만을 향했다 말하지 않겠습니다. 그러나 결단코 당신을 배신하지는 않았습니다."

그의 눈빛에 정채린의 마음을 감싼 얼음이 서서히 녹아내리기 시작했다.

그리고 조금씩 눈물이 되어 흘러내렸다.

그녀는 어느새 펑펑 울고 말았다.

"믿어드릴게요. 아니, 믿을게요, 운 소협. 이곳까지 나를 구하러 오셨는데, 내가 어떻게 당신을 믿지 않을 수 있겠어요? 믿을게요."

운정은 서글픈 미소를 지었다.

그녀를 얼굴을 한 번 쓰다듬었다.

"고생이 많았겠습니다."

그 말 한마디에 정채린의 얼굴은 완전히 다른 사람이 되었다.

운정이 지금까지 단 한 번도 본 적 없는 소녀의 얼굴이었다.

그녀는 고개를 연신 끄덕이며 울음을 참아 냈다.

"네. 무서웠어요. 정말 무서웠어. 언제라도 덮쳐질까 봐. 저 더러운 짐승들 사이에서 노리개가 될까 봐… 너무 무서웠어. 매일 밤 그런 꿈을 꿨어, 매일 밤. 그러니까, 이젠 날 지켜 줘요. 계속. 날 지켜 주세요, 운 소협."

"……"

운정이 아무런 말도 하지 않자, 그녀의 두 눈이 두려움에 차오르기 시작했다.

그녀는 고개를 푹 숙이더니 말했다.

"제 말이… 안 믿기시는 군요. 제가 정조를 잃으셨다고 생각하시나 봐요."

운정은 고개를 돌렸다.

"아닙니다. 믿습니다."

"그런데 왜 절 거부하시죠? 제가 더러운 여자라 생각하시니 거부하시는 것 아닌가요?"

운정은 말없이 그녀를 보았다.

그의 눈에는 오로지 연민만이 있었다.

정채린은 다른 감정을 찾으려 보고 또 보았다.

그러나 조금도 찾을 수 없었다.

운정의 입을 열렸다.

"지난 보름여 동안의 시간은 제 인생에게 가장 긴 보름이었습니다."

"……."

"많은 사람들을 만났고, 많은 일들이 있었습니다. 많은 것들을 보았고 많은 감정들을 느꼈으며, 많은 생각들을 깨닫게 되었습니다."

"운 랑."

애처로운 목소리.

운정은 서서히 두 손을 들어서 정채린에게 포권을 취했다.

"오해를 풀게 되어 다행입니다. 가슴을 짓누르고 있던 것이 사라진 듯합니다. 마음이 편해졌습니다. 하지만."

"하지만?"

"한때 당신을 향했던 감정이 돌아오진 않는 듯합니다."

정채린은 또다시 눈물을 흘렸다.

그녀는 양 소매로 두 눈을 훔쳤다.

"나도 운 랑을 오해해서 마음이 식었었어요. 운 랑의 마음이 지금 식은 것도 절 오해하셨기 때문이에요. 가요. 가서 확인시켜 드릴게요. 내가 남자에게 더럽혀졌는지 아닌지. 지금 같이 확인해 봐요."

정채린은 운정의 손을 잡아 이끌려 했다.

하지만 운정의 몸은 조금도 움직이지 않았다.

두 발로 굳게 선 그는 전과 동일한 눈빛으로 정채린을

보았다.

그가 말했다.

"당신의 정조와는 상관없습니다. 제 마음이 변하는 일은 없을 겁니다, 정 소저."

정채린은 결국 울먹거리더니, 운정의 품에 안겨 왔다.

하지만 운정은 다시금 그녀의 양 어깨를 붙잡았다.

그가 안아 주지 않자, 그녀는 고개를 푹 숙인 채 한참을 울었다.

그때 멀리서 기척이 느껴졌다.

운정이 그곳을 돌아보니, 마법사 한 명이 그 좁은 길을 통해서 걸어 들어오고 있었다.

운정의 눈초리가 살짝 좁아졌다.

"멕튜어스……."

네크로멘시 학과의 서브 마스터 멕튜어스는 무표정하게 운정과 정채린을 바라보았다. 그의 손에는 흉흉한 기운을 은은하게 풍기고 있는 해골 지팡이 하나가 들려 있었다. 그의 뒤에는 네 명의 마법사가 서 있었는데, 모두들 상의와 연결된 두터운 모자를 쓰고 있어, 얼굴을 확인할 수 없었다.

멕튜어스가 운정에게 한어로 말했다.

"역시 이곳까지 왔군."

전과는 확연히 다른 모습이었다.

운정은 그들을 찬찬히 살펴보다가 이내 나지막하게 말했다.

"청룡궁 산하에 있는 창암문에서 네크로멘시 학파를 볼 줄
은 몰랐습니다. 둘은 갈라서게 되었다고 하지 않았습니까?"

멕튜어스는 고개를 끄덕였다.

"내가 한 말에는 거짓이 없다. 네크로멘시 학파는 용인의
시체에 손을 대었고, 그로 인해서 청룡궁에게 팽을 당했지. 하
지만 몇몇은 계속 남을 수 있었다."

운정의 눈빛이 날카로워졌다.

"사정이 있군요."

멕튜어스는 숨을 마시며 고개를 연신 끄덕였다.

"내 목적은 내가 말한 대로 네크로멘시 학파의 존속뿐이다.
그것이 비록 우리 학파를 개처럼 취급하는 청룡궁 아래로 기
어 들어가는 것이나 우리 학파를 소멸 직전까지 몰아넣은 무
당파의 제자와 거래를 하는 것이라고 할지라도 말이다."

"……"

"마스터 고바넨은 이미 더 세븐의 힘에 완전히 넘어갔다.
학파의 존속보다 본인의 힘을 기르는 데 더욱 마음을 쏟고 있
어. 자기가 강해야지만 네크로멘시 학파가 존속된다 말하지
만, 사실 그 마음은 그저 강해지고 싶어 하는 것뿐이야. 그
대가로 네크로멘시 학파의 학생들이 모두 희생된다 해도 말이
지. 결국 온과 같아졌어. 본인이 곧 네크로멘시 학파이며 네

크로멘시 학파가 곧 본인인 것이지."

"그때 당신이 말한 것처럼 힘에 취한 것이로군요."

멕튜어스는 손을 살짝 뻗었다.

"듣는 귀가 많고 또 우리를 보았으니, 그들을 처리하겠다."

그 순간 운정이 앞으로 손을 뻗었다. 그러자 땅바닥에 있던 낭인의 검 중 하나가 절로 들려 그의 손에 쥐어졌다.

운정이 말했다.

"겨우 그 정도의 이유로 이들을 죽이는 것은 인정할 수 없습니다. 이들이 이야기를 듣는 것이 싫다면, 공용어로 하면 될 일입니다."

멕튜어스는 한쪽 입꼬리를 올렸다.

"네가 이곳에 있는지, 내가 어떻게 알았다고 생각하는가?"

갑작스러운 질문이었지만, 운정은 짐작 가는 대로 말했다.

"이곳에 오는 길에 어둠에 속한 한 마법사가 당신의 이름을 언급했었지요. 그를 통해서가 아닙니까?"

멕튜어스는 마저 웃으며 말했다.

"운정 도사가 그를 죽이기 전에 어떤 방식으로 어떻게 심문했는지 다 지켜보았다. 그로 인해서 네가 선과 악을 어찌 판별하고 어떤 이유로 살인을 묵인하는지도 안다."

"……"

"난 이 낭인들이 행한 악행을 모두 알고 있다. 청룡궁은 용인 세력과 마법사 세력과 낭인 세력으로 이루어져 있지. 마법사들의 수장이라 할 수 있는 나는 이들 모두 한 명 한 명이 어떠한 죄를 저질렀는지 모두 알고 있다. 일부에 불과하나 그것은 죽어 마땅한 죄악들이다."

"어떤 죄악들입니까?"

"살인은 가벼운 축에 속하지. 때로는 식인도 마다하지 않았다. 간살은 일상이고 심지어 어린아이까지 선을 넘은 이들도 수두룩하다. 그리고 그들은 그에 관해서 일말의 죄책감도 가지지 않는다. 그들은 지금까지도 그랬고 또 앞으로도 천인공노할 죄를 저지를 것이다. 내 말이 진심임을 너는 알 수 있을 것이다, 도사."

그의 말대로 운정은 그의 말에 한 치의 거짓도 없음을 알 수 있었다.

멕튜어스가 지팡이를 살짝 들어 올렸다. 그러자 지팡이에서 검은 연기가 늪지대로 확산되었다.

그때까지도 끈임 없이 신음만을 흘리던 낭인들이 모두 조용해졌다. 고통에 몸부림치던 자들도 더 이상 움직이지 않았다. 그들은 그 검은 연기가 자신들의 목숨을 취할 것임을 본능적으로 알았다.

운정은 검에 내력을 불어넣었다. 검기를 넘어선 검강의 빛이 나오자, 멕튜어스는 눈살을 찌푸리더니 손을 내렸다.

운정도 마찬가지로 검을 내리면서 말했다.

"그러나 갱생의 여지를 주어야 합니다. 이들이 자신의 죄를 뉘우친다면, 그들의 생명을 앗아가선 안 됩니다. 제가 그 마법사를 죽인 것은 그가 자신의 죄를 인정하지 않았기 때문입니다."

그러자 멕튜어스는 코웃음을 쳤다.

"그들이 죄를 뉘우친다고? 그런 일이 있다 해도 그건 네 힘 앞에 굴복하는 것뿐이지, 진심으로 죄를 뉘우치는 것은 아닐 것이다. 그리고 그 사실을 너도 잘 알고 있지."

"그 둘을 구분할 수 없으니, 전자라 단정할 수 없습니다. 이 중 단 한 명이라도 죄를 뉘우치는 자가 있다면, 그가 죽는 것은 또 다른 살인입니다."

멕튜어스는 굳은 표정으로 그에게 물었다.

"네 힘에 비하면 그들은 보잘것없는 존재가 아닌가?"

운정이 대답했다.

"제게 모든 목숨은 소중합니다. 당신에겐 이들이 그저 잠깐 있다 사라지는 하루살이 혹은 연극 무대 위에 잠깐 등장하는 파룽투(跑龍套)로 여겨지실지 모르지만, 제게는 아버지가 있고 어머니가 있는 생명입니다."

"그만한 힘이 있으면서 왜 그리 답답하게 구는 것인가? 이럴 때마다 하나하나 따질 생각인가?"

"힘이 있기에, 전에는 현실적으로 고려할 수 없었던 것까지

고려할 수 있게 되었습니다. 힘이 있기에 힘이 없을 때보다 더 많은 것을 고려해야 합니다. 힘이 있기에, 전에는 어쩔 수 없다 포기했던 일들을 포기하지 않아야 합니다."

"……."

"이들 모두가 자신의 죄를 진정으로 뉘우치는지 아니면 말만 그렇게 하는 지를 판단할 수 있는 그 능력이야 말로 진정한 힘입니다. 그것이 귀찮고 어렵다고 모두를 몰살하는 것은 진정한 힘이 아닙니다. 오히려 자신의 약함을 드러내는 꼴이지요."

멕튜어스는 무표정한 눈길로 운정을 지그시 바라보았다.

운정도 그를 마주 보았다.

멕튜어스가 지팡이를 살짝 들자 해골에서 회색 기운이 일렁였다. 운정이 경계 어린 시선으로 자세히 살폈지만 일말의 살기도 존재하지 않았다. 때문에 그는 가만히 지켜보았다.

멕튜어스가 지팡이로 땅을 살짝 찍자, 회색 기운이 일순간 늪지대를 뒤덮었다. 그 회색 기운을 맞은 모든 낭인들은 정신을 잃어버리고 그 자리에서 기절했다. 그가 다시 지팡이로 땅을 찍자, 시간이 되감기는 것처럼 회색 기운이 지팡이 안으로 되돌아갔다.

마법을 끝낸 그는 나지막한 목소리로 운정에게 말했다.

"운정 도사, 너는 욘이나 고바넨과 다르게 그것을 아는 사람이지. 나는 방금 내 행동을 통해서 네가 네 기준에 신실하다는 것을 알게 되었다. 이 중원에서 말하는 협객(俠客) 중 협객이로구나."

그의 말은 오묘했다. 칭찬 같지만 단지 거기서 끝나는 건 아닌 듯 했다.

운정이 물었다.

"멕튜어스, 당신이 이곳에 나타난 이유가 무엇입니까?"

멕튜어스가 대답했다.

"답을 듣기 위해서 왔다. 내가 한 제안을 기억하는가?"

"데빌에게서 무당산의 정기를 뽑아 되돌려 주겠다는 그 제안 말입니까?"

그 질문에 정채린의 얼굴이 핼쑥해졌다. 운정이 데빌에 대해서 알고 있을 줄은 몰랐기 때문이다.

그녀는 흔들리는 두 눈으로 운정을 올려다보았는데, 운정은 여전히 멕튜어스를 보고 있었다.

그녀가 떨리는 목소리로 입을 열었다.

"나… 난……."

결국 그녀는 아무런 말도 할 수 없었다.

멕튜어스가 말했다.

"내가 그 제안을 했던 이유는 바로 데빌을 품고 있는 그 여인이 내 수중에 있었기 때문이다. 네가 수락만 한다면, 언제든 그 여인을 통해서 데빌을 마나로 되돌리는 연구를 하려 했어. 하지만 지금 네가 그 여인을 데리고 간다면, 나는 그 약조를 지킬 능력을 잃게 되겠지."

"그래서 급히 이곳까지 오신 것이로군요."

"그렇다."

그의 말은 짧게 끝났다.

그리고 눈으로 말하고 있었다.

지금 결정하라고.

운정이 물었다.

"그 과정에서 정채린 회주의 신변을 보장할 수 있습니까?"

"그것은 연구를 해 봐야 아는 것이다. 하지만 그러리라 생각한다. 데빌이 그 여인의 그림자로 들어갈 수 있었던 것은 근본적으로 그 여인이 허락했기 때문이다. 그 여인이 계약을 종료하고 그를 내쫓으려 한다면, 데빌은 그 안에 더 있을 수 없다."

운정은 그 말을 듣고는 정채린을 돌아봤다.

정채린은 고개를 살짝 젓더니, 운정으로부터 뒷걸음질 치며 멀어졌다.

"안돼요."

"정 소저."

"안돼요! 디, 디아트렉스는⋯ 저, 저를. 저를 지켜 줬어요."

"⋯⋯."

운정이 말없이 그녀를 보자, 정채린의 표정이 일순간 악독하게 변했다.

"운 랑은! 운 랑은 없었잖아요? 화산파에서도 없었어. 창암 문에서도 없었어. 하지만 디아트렉스는 내 옆에서 항상 있었어. 그는 날 지켜 줬어! 지켜 줬다고!"

그녀는 불안한 눈빛으로 운정과 멕튜어스를 번갈아 보았다.

그런데 그때, 그녀의 그림자에서 한 남자가 튀어나왔다.

전에 화산파에서 보았던 자색장발.

멕튜어스는 그 모습을 보며 차갑게 일렀다.

"운정 도사, 저자! 저자가 바로 무당산의 정기로 만들어진 데빌이다. 만약 우리를 도와 그를 사로잡는다면 무당산의 정기를 되찾게 해 줄 것이다."

"……"

운정은 아무런 말도 하지 않고 정채린과 그 사이를 막아선 디아트렉스를 지그시 보았다.

불안해진 멕튜어스가 다시 말을 이었다.

"운정 도사! 설마 혼자 연구해서 저 남자에게 무당산의 정기를 얻을 수 있으리라 생각한다면, 큰 오산이다. 단언컨대 네크로멘시 학파보다 데빌에 관해서 깊이 이해한 지식을 가진 곳은 없다. 우리의 도움 없이는 불가능해. 마법사 다섯 명을 파인랜드로 차원이동 시켜 주는 것은 네게 크게 어려운 일이 아닐 것이다. 잘 생각해 봐라!"

운정은 그 말을 묵묵히 들으면서도 아무런 반응을 보이지 않았다.

그는 무심한 목소리로 디아트렉스에게 말했다.

"정 회주를 왜 감옥에서 꺼내 주지 않았습니까?"

디아트렉스는 팔짱을 끼더니 대답했다.

"정채린과의 계약은 그녀의 생명을 보호하는 것이다. 그 외의 일은 나와 상관없어."

운정의 눈초리가 가늘어졌다.

"당신의 목적은 무엇입니까?"

"모든 생명의 목적은 같지. 성장하고 번식하는 것이다."

"그녀의 그림자에 숨어 있는 목적을 묻는 것입니다."

"마찬가지다. 성장하고 번식하는 것이다. 그녀를 통해 언어를 배우고 사고를 확장하여 내 존재를 키워 나가 분열하여 더 많은 마나를 흡수하고 더 많은 마족이 될 것이다. 그리고 이 별의 마나가 모두 사라지면, 각자 마음에 드는 별로 떠나겠지. 내가 익힌 언어 수준으로는 이 정도로밖에 말하지 못하겠군."

"……"

디아트렉스는 멕튜어스를 힐긋 보더니 말했다.

"저 마법사는 나를 마나로 되돌리려 하는군. 네 결정은 어떠한가? 나를 마나로 되돌릴 생각인가?"

운정은 고개를 저었다.

"당신도 생명체이니, 무당파의 정기를 얻자고 당신을 죽일 순 없습니다. 게다가, 신무당파는 더 이상 무당파의 정기에 의존하지 않습니다. 그러니, 그럴 이유가 없습니다."

디아트렉스는 팔짱을 끼더니, 정채린을 돌아봤다.

그리곤 그들만이 아는 언어로 한마디를 툭 내뱉고는 그녀의 그림자 안으로 사라졌다.

그러자 정채린의 표정이 한결 나아졌다.

멕튜어스는 빠르게 머리를 굴리곤, 큰 소리로 말했다.

"좋다, 운정 도사. 네가 그렇게 결정했다면, 그렇게 알겠다. 하지만 그렇다고 다섯 명을 차원이동 시켜 주는 것은 여전히 네게 힘든 일은 아닐 것이다. 나는 네가 원할 만한 다른 조건을 제시하고 싶다."

운정은 그의 말을 완전히 무시한 채로 정채린에게 말했다.

"제게 거짓말을 했군요."

정채린은 차마 그를 똑바로 바라보지 못했다.

그녀가 중얼거리듯 말했다.

"당신이 그와의 관계를 의심할 것 같았어요. 그는 제 그림자 속에서 항상 있었으니까."

운정은 어떠한 감정도 드러내지 않으며 물었다.

"전에 나와 소청아와의 관계와 비슷한 관계 아닙니까?"

"아, 아니에요. 그는 노예가 아니에요. 제 말을 듣는 것이 아

니라 제 생명만 지켜 주는… 호, 호위 무사 같은 거예요. 그와
는 어떠한 일도 없었어요, 운 랑."

"……."

"정말이에요. 미, 믿어 줘요."

운정은 나지막하게 말하며 몸을 돌렸다.

"신뢰는 그릇과 같습니다. 깨지면 다시 붙일 수 없습니다."

"운 랑!"

정채린은 울분을 토하며 소리쳤지만, 운정의 얼굴을 다시
돌리지는 못했다.

운정은 멕튜어스를 향해서 말했다. 공용어로.

"Let's go some other places(다른 장소로 갑시다)."

멕튜어스는 고개를 한 번 끄덕이더니 마법을 시전했다.

[텔레포트(Teleport).]

정채린의 눈앞에서, 운정과 마법사들의 모습이 사라졌다.

그녀는 그 자리에 주저앉더니 비참한 표정을 지었다.

그러나 금세 두 눈에 분노가 차올랐다.

그녀는 표독스러운 눈길로 주변에 있는 낭인들을 보았다.

*　　　　*　　　　*

그들은 한적한 공터에 도착했다.

운정은 공용어로 말했다.

"여러 가지 물어보고 싶은 것이 있습니다. 당신의 제안에 응할지는 그 뒤에 정하도록 하겠습니다. 첫째로는 청룡궁과의 관계가 틀어졌는데도, 여전히 당신이 청룡궁에 속한 마법사들의 수장 노릇을 하는 것은 정확히 어떤 사연이 있는 것입니까?"

멕튜어스는 잠시 생각을 정리한 뒤에 말했다.

역시 공용어였다.

"그 질문에 대답하는 김에, 잠시 배경을 설명하마. 네크로멘시 학파는 죽음과 시체를 공부한다. 때문에 다른 학파보다 월등한 힘을 가질 수밖에 없다. 이 세상의 모든 생명은 죽게 마련이고 시체가 되게 마련인데, 그 모든 것이 우리의 공부 아래 있으니까. 그것이 뛰어난 마법사이든, 드래곤이든, 무엇이 되었든지."

"그러고 보니 모든 죽기만 하면 네크로멘시 학파의 연구 대상이 되겠군요. 그것은 곧 네크로멘시 학파의 힘으로 직결될 테고요."

"그렇다. 하지만 우리는 결코 안정될 수 없었다. 강력한 힘은 있어도, 그 힘을 사용하는 방법이 없었기 때문이다. 시체를 이용하는 것은 어둠에 속한 자들에게도 배척을 당하는 부분이지. 우린 선악의 경계를 명확히 구분 짓기 싫어했고, 그 선을 애초에 그리지도 않았다. 그래서 쉽사리 힘에 지배당할 수밖에 없었다."

"⋯⋯."

"미내로도 욘도 고바넨도. 결국 다 똑같다. 끊임없이 새로운 힘을 탐구했고, 그것을 얻기 위해선 물불 가리지 않았다. 그럴수록 그들은 타락하고, 결국 비참한 최후를 맞이하지. 나는 이 모든 것을 지켜보았다. 그리고 우리에게도 새로운 시작이 필요하다는 것을 깨달았다."

"⋯⋯."

"바로 너를 통해서다, 운정 도사. 너를 통해서 알게 된 것이다. 네크로멘시 학파의 주적인 너에 대한 정보를 알아 가면 알아 갈수록⋯⋯ 나는 네게서 희망을 보았다. 그리고 운명은 나를 이끌어 널 만나게 했지. 네가 무당파를 새롭게 설립하는 것을 보며, 나는 확신을 얻었다."

"그것을 위한 다섯 입니까?"

"넷이다. 한 명은 네가 죽였다."

"⋯⋯."

별다른 감정 없이 아무렇지도 않게 말한 멕튜어스는 손으로 그의 뒤에 있는 네 명의 마법사들을 가리켰다.

"이들은 내가 다른 어둠의 학파로 잠입시킨 네크로멘서(Necromancer)들이다. 하나하나 내가 직접 가르친 학생들이지. 다른 학파를 견제하기 위함이었다. 마법사들은 이런 일에 보통 관심이 없기 때문에, 고바넨조차 그들의 존재를 모르지."

"그래서 네크로멘시 학파가 청룡궁과 반목했음에도 여전히 당신의 제자들이 청룡궁에 남아 있었군요. 표면적으로는 다른 학파의 학생으로 있었으니."

멕튜어스는 고개를 끄덕였다.

"하지만 이젠 거의 드러난 것과 다름없다. 네크로멘시 학파가 청룡궁에서 쫓겨나면서 이들과 연락을 주고받기가 너무 어려워졌어. 아마 몇몇은 이미 알고 있지만, 확실히 뿌리를 뽑기 위해서 그냥 놔두는 것일 수도 있다. 그러니 지금 도망쳐야 해. 내가 이곳에 온 것은 너를 만나기 위함도 있지만, 이들을 데리고 나가기 위함도 있다."

"……"

운정이 아무런 말을 하지 않자, 멕튜어스는 차분히 더 설명을 이어 갔다. 말은 느렸지만, 그 속에 담긴 초조함을 완전히 감추지는 못했다.

"며칠 전 미치광이가 차원이동하여 파인랜드로 돌아갔다. 너도 곧 파인랜드로 향하리라 생각한다. 그때 그 신비한 동굴을 통해서 이들을 데리고 파인랜드로 데려다주길 바란다. 이지옥 같은 곳에선 한시라도 빨리 벗어나 네크로멘시 학파의 명맥을 유지해야 해."

중원은 마법사들의 천국이라 한다. 하지만 멕튜어스의 두 눈빛은 이곳이 마법사의 지옥이라 확신하는 듯했다. 중원에 있는 네크로멘시 학파가 결국 멸망할 것이라는 것 또한.

운정은 그의 진심을 느끼며 물었다.

"그들을 파인랜드에 데려가기만 하면 그만입니까?"

멕튜어스는 고개를 끄덕였다.

"그 이상은 나도 바라지 않는다. 이들은 스스로 알아서 정착할 것이다. 내가 네게 바라는 것은 오로지 차원이동뿐이다."

멕튜어스가 지금까지 한 번도 거짓을 말하는 기색이 없었지만, 운정은 그의 진위를 더욱 알아보고자 했다.

그가 단조로운 어조로 물었다.

"왜 청룡궁을 통해서는 하지 않습니까? 청룡궁은 이미 제국과의 교류를 하고 있지 않습니까?"

"차원이동은 절대 쉬운 마법이 아니다. 청룡궁과 제국 간의 차원이동은 실패할 확률이 극도로 높다. 정보나 물건도 같은 것을 수백 개씩 보내야 한 두 개가 무사히 도착할 정도다. 사람이 살아서 무사히 이동하는 건 확률적으로 너무 낮다."

운정은 NSMC을 로스브룩이 만들었다는 사실을 기억했다. 그리고 또 그가 천재 중 천재라는 사실 또한 기억했다. 아마 파인랜드 어디에도 델라이의 NSMC 같은 것은 없을 것이다.

운정은 더 물었다.

"그 어둠의 학파라는 것도 설명해 보십시오. 청룡궁과 제국 사이의 중재자 같은 것입니까?"

"그 또한 하나의 세력이다. 빛의 학파는 그들이 위험하다 판단하여 규정한 금기들을 똑같이 인정하고 금기시하는 학파들이다. 그 외에, 금기를 인정하지 않는 학파는 어둠의 학파라 할 수 있다. 하지만 딱딱 떨어지는 것은 아니고, 빛에 속한 학파에서도 예외 사항을 두고 금기 마법 한두 개를 사용하기도 하고, 어둠의 속한 학파 중에서도 몇몇 금기 사항을 인정하기도 한다."

"흐음. 중원의 백도와 흑도와 유사하다는 말은 들었습니다만, 그 금기들로 인해 나누어지는지는 몰랐습니다. 예를 들어 주실 수 있습니까? 네크로멘서 학파는 어떠한 금기를 인정하지 않기에 어둠의 학파가 된 것입니까?"

"당연히 부활 마법, 리인카네이션(Reincarnation)이다. 네크로멘서에게는 핵심 마법이기에 네크로멘시 학파는 자동적으로 어둠의 학파에 속하게 된다. 금기가 다양한 만큼 어둠에 속한 학파는 다양하고, 파인랜드 음지 곳곳에 숨어 있다. 하지만 말했다시피, 그중에서도 네크로멘시 학파의 부활 마법은 다른 어둠 학파에게도 배척의 대상이 될 정도로 금기 중 금기이지."

"그렇군요. 그래서 중원으로 온 것이고. 그 부분에 대해서도 설명해 보십시오."

멕튜어스는 칼자루를 쥐고 있는 운정에게 더 말하지 않을 수 없었다.

그가 설명했다.

"그랜드마스터 미내로로 인해서 차원의 장벽이 흔들리고, 그녀가 남긴 좌표로 인해서 우리 네크로멘서 학파가 처음 중원으로 이주했다. 워낙 불안정하여 많은 학생들이 죽고 다쳤지만, 중원에 가득한 마나를 통해서 힘을 회복했어. 처음 청룡궁은 중원 외부의 모든 것과 척을 지었지만, 차원의 틈이 흔들리고 나서는 우리의 힘을 빌리고자 했지. 천마신교에 대적하기 위해서."

운정은 더욱 자세히 심문했다.

"그럼 지금 청룡궁과 결탁한 어둠의 마법사들은 얼마나 됩니까?"

멕튜어스는 그 질문의 답은 모르는지 뒤를 돌아봤다.

그러자 네 명 중 한 마법사가 공손히 말했다.

"최소 다섯 학파이며, 총 스무 명가량 됩니다."

멕튜어스는 다시 운정을 돌아보며 말했다.

"내가 떠났을 때보다 더 늘었군. 학생들이 차원의 벽에 의해 갈려 나가든 말든 무식하게 확률게임을 한 것이다."

운정이 그 말을 듣더니 눈빛이 날카로워졌다.

"청룡궁은 차원의 벽을 더욱 견고히 하려는 목적을 가지고 있습니다. 다시 말하자면, 이 중원을 다시 전처럼 고립시키려는 것입니다. 그런데 마법사와 결탁한다는 점이 이상하지 않습니까?"

그 말에 멕튜어스의 눈썹이 살짝 일그러졌다.

"무슨 뜻인가? 청룡궁의 목적이 차원의 벽을 더욱 견고히 하는 것이라고?"

그는 청룡궁의 목적을 모르는 듯했다.

그러고 보면 운정도 청룡이 직접 말해 줘서 알았지, 아니었 다면 그도 알 수 없었던 것이다.

운정이 말했다.

"그렇습니다. 그들이 섬기는 청룡의 뜻이 그러합니다. 반응 을 보아하니 모르셨나 보군요."

멕튜어스는 잠시 고민하더니 나지막하게 말했다.

"천마신교에 대항하기 위함인 줄만 알았다. 천마신교가 이 계와 교류하니, 그들도 교류함으로 그들을 앞서 나가려고 하 는 것인 줄 알았지."

"왜 천마신교에 대항하려 한다 생각하셨습니까?"

멕튜어스는 의아한 목소리로 대답했다.

"그야… 한 집단이 강성하면 주변을 정복하고자 하는 것은 자연스러운 것 아닌가?"

"맞습니다. 하지만 청룡궁에는 그와 다른 목적이 있습니다. 바로 천마신교를 무너트림으로 차원의 벽을 견고케 하는 것입니다. 자세한 건 말씀드리기 어렵습니다만, 그들의 궁극적 목적이 중원의 고립이라는 것은 사실입니다."

"……."

"아마 그 이후 중원에 남게 되는 마법사들이 어떤 최후를 맞이하게 될지는 불 보듯 뻔합니다."

멕튜어스는 씹어 내뱉듯 말했다.

"학살을 당하지 않으면 다행이로군. 게다가 그들에겐 마법이 일절 통하지 않으니까."

"아마 그래서 더더욱 용인의 시체로 패밀리어를 만들려는 것을 용서할 수 없었을 겁니다. 그랬다가는 나중에 마법사들을 일망타진하기 어려울 테니까요."

"세상에."

멕튜어스는 충격을 받은 듯 고개를 숙였다. 그러나 즉시 의심의 빛을 두 눈에 띠며 운정을 노려보았다.

이에 운정이 말했다.

"제 말을 믿든 믿지 않든 저와는 관계가 없습니다. 다만 제게 솔직하게 대답해 주시니, 저도 네크로멘시 학파의 존망이 걸린 부분에 대해서 한 말씀 드린 것입니다."

멕튜어스는 손을 들어 입을 살짝 가렸다.

그리고는 고개를 몇 번 저으며 말했다.

"일단은 알겠다. 좋은 것을 말해 줘서 고맙군. 아무튼. 이제 더 질문이 없나? 나의 제안을 받아 주기만 한다면 무엇이든 대답해 줄 것이다."

운정이 물었다.

"차원의 벽을 뚫고 처음 중원에 들어온 그랜드마스터 미내로. 그분에 대해서 설명해 주실 수 있겠습니까?"

"그랜드마스터 미내로에 대해서 말인가?"

"예, 그가 어떻게 이곳에 왔고, 무슨 일이 있었는지 이야기를 듣고 싶습니다."

멕튜어스는 어디부터 말해야 할지 갈피를 잡지 못하다가 곧 나지막한 목소리로 설명했다.

"그녀는 본래 하이엘프였다. 숲의 일족이었지. 하지만 마법에 유독 특별한 재능을 가지고 있었어. 그녀의 어머니가 유도한 것인지는 모르겠지만, 너무나 어려운 마법도 한눈에 보고 알 수 있었다고 한다."

"……."

"그러던 중 우연치 않게 차원에 관련된 고대 서적 하나를 발견했다고 한다. 이는 그녀가 네크로멘서 학파에 들어오기도 전의 일이지. 아무튼 시간이 지나고 어떤 일 때문에 자신의 일족에서 추방당하게 되었다. 이에 목적을 잃어버려 썩어 갈 운명이었으나, 부활 마법을 통해 삶의 목적을 되찾아, 네크로멘시 학파에 들어오게 되었다고 한다. 그 부분은 나도 정확하게 모른다."

"······."

"시간이 흐른 후, 학파의 마스터가 될 정도로 네크로멘시에 뛰어났지만, 그녀는 본래 차원이동에 심취해 있었다고 한다. 그리고 결국 차원이동을 시도했다. 그 와중에 자신과 가장 가까운 자를 잃었다고 하는데, 이 역시 정확히는 모른다. 아무튼 차원이동을 시도하기 전에 남긴 문건에 보면, 그녀는 중원이라는 이 숨겨진 곳의 차원의 벽이 모종의 이유에 의해서 약해졌고, 때문에 그 안에 들어가서 차원의 벽을 마저 부숴 버려 누구든 이 숨겨진 차원에 들어올 수 있도록 하겠다고 선언했다. 그리고 그녀는 결국 차원의 벽을 더욱 약화시키는 것을 끝으로 죽은 것으로 알고 있다."

"역시. 그녀로 인해서 차원이동이 가능하게 된 것이로군요. 그럼 그때 이곳으로 넘어온 자는 그녀뿐이었습니까?"

"그녀와 그녀의 패밀리어뿐으로 알고 있다."

"그럼 혹 박소을이란 사람에 대해선 아십니까?"

멕튜어스는 고개를 저었다.

"아니, 모른다."

"흐음. 그렇습니까? 그에 관해서도 궁금한 것이 많았는데. 그 또한 차원이동을 한 것으로 생각됩니다. 하지만 마치 다른 세상에서… 흐음."

불현 듯 운정의 머리를 스쳐 지나가는 것이 있었다. 운정은 그것을 붙잡으려 했지만, 한 번 잊힌 기억은 다시 되돌아오지 않았다.

멕튜어스가 말했다.

"원한다면 그가 누군지 알아보지."

운정은 고개를 저었다.

"아닙니다. 오히려 타초경사의 우를 범하는 꼴이 될 수도 있습니다. 그러실 필요까진 없습니다. 다만 당신은 모르는 것이 확실합니까?"

"모른다. 그 이름을 들어 본 적이 없어."

"알겠습니다."

운정이 말을 마치자 멕튜어스가 되물었다.

"그럼 내 제안은? 받아 주는 것인가?"

운정은 찬찬히 눈길을 들어서 멕튜어스 뒤에 서 있는 네 명의 마법사들을 바라보았다.

그가 미소 지었다.

第八十二章

운정은 공간이동 마법에 의해서 암택곡(巖澤谷)으로 다시 돌아왔다.

바닥엔 이리저리 피를 흘리는 수많은 시신들이 널브러져 있었다.

그들 중 일부는 목이 잘려 있었고 또 일부는 단전이 뚫려 있었으며, 또 일부는 사타구니에서 피를 흘렸다. 하지만 공통적인 것은 모두 죽음을 맞이했다는 점이었다.

늪지대에선 볼 수 없는 붉은빛이 사방에서 보였다.

"정 소저……"

운정은 그들의 검상을 들쳐 볼 것도 없이, 정채린이 한 짓임을 예상할 수 있었다. 그녀는 원래부터 그들을 모두 죽이려 했고, 운정의 힘 때문에 하지 못한 것뿐이니, 그가 사라지고 나자 낭인들을 모조리 죽였을 것이다.

하지만 운정은 예상에서 끝내지 않고 직접 시신 한 구에 다가가 검상을 자세히 살폈다.

오래전 시르퀸의 몸에서 보았던 그 화산파 특유의 검상이 그대로 보였다.

마음속에 있었던 한 줄기 기대마저 사라졌다.

운정은 눈을 살짝 감았다.

앞으로 그녀를 어떻게 대해야 할까?

그때 저 멀리서 한줄기 살기가 느껴졌다.

늪지대로 들어오는 그 좁은 길을 통해서 들어온 것이다.

운정은 제운종을 펼쳐 앞으로 치고 나갔다.

혈향이 은은하게 배어 있는 늪지대의 공기는 무겁고 두꺼웠고 또 더웠다.

그는 곧 좁은 길을 통해서, 창암지모와 함께 떨어졌던 그 넓은 지역으로 나갔다.

그러자 대자연의 기운이 정지되어 있는 것이 느껴졌다.

챙! 캉!

앞쪽에선 칼 소리가 요란하게 들렸다. 그곳엔 정채린이 한 손에 칼을 들고 대여섯 명의 청암문 고수들과 싸움을 하고 있었다. 청암문 고수들은 양손에 철 장갑을 꼈고, 신발과 무릎에도 철로 된 무언가를 장착해 정채린의 검을 상대하고 있었다.

그리고 그들 뒤에는 운정이 치료한 그 자리에서 반쯤 앉아 있는 창암지모가 있었다. 양쪽 다리를 쭉 뻗고 있는 채로, 그 싸움을 지켜보다가 새롭게 등장한 운정을 주시하고 있었다.

그리고 그녀 주변에는 묵호와 묵조호, 청암문 고수들과 마법사들도 있었다. 그리고 역시 조령령도 있었다.

조령령은 운정을 발견하더니, 한걸음에 뛰어왔다. 때문에 정채린과 청암문 무사들도 싸움을 멈추고 아이처럼 뛰는 그녀를 바라볼 수밖에 없었다.

그녀는 배시시 웃으며 운정의 옆에 섰다. 운정이 그녀를 내려다보며 물었다.

"어쩌다 싸움이 벌어졌습니까?"

조령령이 대답했다.

"몰라. 여기서 널 찾으려 했어. 근데 저 미친 여자가 갑자기 튀어나왔어. 그리고는 모두 죽이겠다고 길길이 뛰었지. 예쁘게 생겨서 왜 그러는지 몰라."

운정은 찬찬히 고개를 들어서 정채린을 보았다.

그녀의 두 눈은 살기로 가득 차 있었다. 전에는 없었던 마기까지 진득했다. 그뿐만 아니라 진한 보랏빛이 눈에서부터 흘러나왔다. 단순히 기운이 그런 것이 아니라 실제로 공중에 보랏빛을 흩뿌리고 있었다.

일단 정채린이 잠잠해지자, 청암문 무사들은 일정 거리를 벌리고 섰다. 그들의 목적은 치료 중에 있는 청암지모를 보호하는 것이지, 정채린을 상대하는 것이 아니었기 때문이다.

운정은 그를 통해 싸움을 건 쪽은 정채린임을 확신할 수 있었다.

정채린은 운정의 눈을 통해 그의 생각을 엿보고는 변명했다.

"저들도 죽어 마땅해요. 애초에 날 잡아 가둔 자들이에요."

운정이 대답했다.

"그 전에, 당신이 창암문의 고수 몇몇을 살해했다고 들었습니다. 그들 입장에서 당신을 잡아 가둔 것은 정당한 일입니다. 그들은 죽어 마땅한 죄를 저지르진 않았습니다."

정채린의 표정이 일그러졌다.

그녀는 더욱더 진한 보랏빛을 두 눈에서 뿜어내며 크게 말했다.

"나를 잡아서 옥에 가두고 저 더러운 낭인들에게 희롱을 당하도록 내버려 뒀어요! 그런데도 당신은 그들을 그저 두고 볼 생각인가요?"

"그들과 시시비비는 가려졌고 끝난 일입니다. 그들이 비록 완전히 정당하게 비무에 임한 것은 아니나, 적어도 비무의 결과에 대해서는 억지를 부리지 않았습니다. 이제 우리는 천마신교로 돌아가면 됩니다. 여기서 더 난동을 피운다면, 또 다른 피를 흘릴 수밖에 없습니다."

정채린은 이제 대놓고 흉흉한 살기를 뿜어냈다.

"난동이요? 난동이라 하셨습니까? 저들이 내게 행한 짓을 직접 보고도 그리 말씀하시는 겁니까?"

운정은 조용히 고개를 돌려 묵호를 보았다. 그리곤 나지막하게 말했다.

"이곳은 청암문이 아니니, 제 검을 받겠습니다."

묵호는 묵조호와 창암지모의 눈치를 한 번 보았다. 묵조호는 고개를 저었지만, 창암지모는 툭하니 말했다.

"줘라, 호 아야. 저자가 아니라면 내 두 다리를 잘라 내야 했을 것이다."

묵호는 곧 품속에 있던 미스릴 검을 운정에게 던져 주었다.

운정은 그것을 받아 뽑더니, 정채린을 향하여 검신을 뻗었다.

정채린의 두 눈이 다시금 살기로 번뜩이는데, 운정이 나지막하게 말했다.

"더 이상 피를 흘리지 말고 돌아갑시다. 낭인들을 죽인 것으로도 성에 차지 않는다는 말입니까? 그들은 당신을 범하려고 했고 또 그 때문에 당신이 그들을 죽였다고 칠 순 있겠습니다. 분명 과한 처사라 생각되어지나, 그 복수가 정당치 못하다고 제가 판단할 수 없겠지요. 하지만 이들은 다릅니다. 이들은 당신을 해할 의사가 전혀 없습니다. 그런 이들에게 검을 출수하겠다는 것은 악행으로밖에 볼 수 없습니다."

정채린은 검을 쥔 손에 더욱 힘을 주었다.

"운 랑! 내 말을 듣기는 하셨습니까? 저들이 날 가둔 자들이에요. 저들이 날 저 감옥에 가두고 개도 먹지 않을 썩은 죽을 주면서 희롱당하게 만들었습니다. 그들 또한 낭인과 같아요. 낭인들과 같습니다!"

운정은 고개를 저었다.

"아니요. 오히려 청암지모는 당신이 묵 씨의 핏줄이기에 당신을 보호했습니다. 호마 형제는 당신에게 향하는 감옥 입구를 지키고 돈을 받아먹기는 했지만, 그들이 그렇게 한 이유가 무엇이라고 생각합니까? 감옥의 창살은 보통의 철입니다. 낭인들이라고 해서 내공이 없는 것은 아닙니다. 그들이 힘을 합친다면 얼마든지 창살을 베어 내 뽑을 수 있었을 겁니다. 그렇게 하지 않은 이유를 모르시겠습니까?"

정채린은 아미를 일그러트리며 왼손으로 창암지모를 가리켰다.

"마치 내가 강간당하지 않도록, 저자가 지켜 줬다는 식으로 말씀하시는군요. 당……."

운정은 그녀의 말을 자르며 대답했다.

"예, 그렇습니다. 악하고 더러운 낭인을 어찌 다뤄야 하는 지는 낭인들이 잘 알지요. 호마 형제의 방식이 바로 낭인의 방식인 겁니다."

"……"

정채린은 그 충격적인 말에 입을 다물고는 운정을 노려보았다.

운정은 차분하게 말을 이었다.

"그들은 나를 처음 보고, 청암문 고수로 알았으면서도 비켜 서지 않았습니다. 오히려 청암문에 고자질을 하겠다며 혹은 기습을 시도하며 절 막으려 했지요. 그들도 알았을 겁니다. 자신들의 힘으로 청암문 고수가 당신을 범하려는 걸 막을 순 없다는 것을. 하지만 그들은 최소한 자신들의 힘 안에서 노력 했습니다. 그것은 그들이 청암문에게 받은 지시가 있었기 때 문이라 생각합니다. 맞습니까?"

운정이 창암지모를 바라보자, 창암지모는 고개를 끄덕였다.

"맞다. 지옥을 맛보게 해 주되 살에 닿는 것은 허락지 않는 다 했지, 그래도 남편의 핏줄이니."

운정은 다시 정채린에게 고개를 돌렸다.

"정 회주, 이제 아시겠습니까? 당신은 창암문의 제자를 죽였음에도, 창암문에선 그 정도에서 그쳤습니다. 당신이 당신을 희롱했지만 그래도 범하지는 못했던 낭인들을 용서 없이 모조리 죽인 것과는 다른 태도이지요. 둘 중 누가 더 선에 가깝다 하겠습니까? 정 회주, 자신의 과오를 인정하시고 검을 버리십시오."

정채린은 몸을 부르르 떨었고, 때문에 그녀의 검 끝까지도 흔들렸다. 절정고수의 검 끝이 흔들릴 정도로, 수만 가지 감정이 그녀의 내부에서 소용돌이치고 있었다.

검을 버리고 멈출 것인가?

아니면 고집대로 공격을 감행할 것인가?

운정은 그녀의 선택을 조용히 기다리며 눈을 감았다.

그러면서 각각의 상황에 머릿속으로 떠올려 미리 행동을 결정하기로 했다.

왜냐하면 그녀와의 개인적인 관계가 너무 깊어 그녀의 행동을 보고 나면 객관적으로 판단하기 어려울 것이기 때문이었다. 결국 이런저런 이유를 생각해 내서, 자기합리화를 하고 말 것이다.

그러니 아직 그녀가 행동을 보이기 전에 미리 무슨 행동을 할지 냉정하게 정하고 그대로 따르는 것이 그나마 객관적일 것이다.

만약 그녀가 멈춘다면?

검을 버리고 복수를 포기한다면?

이것은 그녀가 운정의 말을 인정하고 자신의 과오 또한 인정한다는 것이다. 물론 운정의 힘에 의해서 굴복하는 것일 수도 있다. 하지만 최소한 돌이켰을 수도 있다는 희망은 있으니, 그것만으로도 그녀는 마땅히 죽을 사람이 되진 않는다.

그렇다면 옆에 두고 그녀가 진정으로 과오를 인정하고 앞으로 더 죄를 짓는지를 지켜보면 된다. 앞으로 그녀의 일생을 낱낱이 관찰하고 죄를 뉘우치는지를 면밀히 판단하는 것은 당연히 불가능하지만, 현실적인 범주 내에서는 어느 정도 가능하다.

하지만 그녀가 멈추지 않는다면?

다시금 검을 들어 창암문 고수들을 향해 검술을 펼친다면?

그것은 악행과 다를 것이 없다. 아무리 청암문으로 인해서 정채린이 심적인 고통을 당했다고 하나, 그것이 창암문 고수 한 사람의 책임이라 볼 수는 없다.

물론 아주 없지는 않다. 그들도 정채린이 희롱을 당하게 되는 그 일에 분명 일조한 것이 있다. 어찌 되었든, 그들도 청암문에 소속되어 있으니까.

하지만 만약 그로 인해 창암문 고수 한 명이 질 책임의 정도가 죽어 마땅한 수준이라 가정하면, 그 일에 가장 큰 원인

제공을 한 정채린 본인은 수백 번은 죽어도 마땅한 수준일 것이다. 그러니, 그런 정채린 본인이 창암문 고수의 책임을 물을 심판자가 되는 것은 더더욱 어불성설일 것이다.

창암문 고수가 죽어 마땅하다는 정채린의 논리를 그대로 채용해도, 정채린 본인이야말로 더더욱 죽어 마땅한 사람이 된다.

운정은 생각을 모두 정리하고는 눈을 떴다.

정채린은 그를 바라보고 있었다.

그가 눈을 뜨기를 기다린 것처럼.

운정의 두 눈에선 기이한 빛이 흘러나왔다.

따뜻한 눈빛도 아니다.

차가운 눈빛도 아니다.

그렇다고 그 둘 다 없는, 무심한 눈빛도 아니다.

그의 눈빛은 따뜻함과 차가움을 동시에 내포하고 있었다.

각각의 눈에서 따뜻함과 차가움이 나는 것이 아니었다.

양쪽 눈이 모두 따뜻했고 또 차가웠다.

정채린은 그 따뜻함을 바라보았다.

그곳에는 한없는 자비가 엿보였다.

무슨 짓을 저질러도 용서할 것 같은 그런 빛이었다.

이번엔 차가움을 보았다.

그곳에는 칼날 같은 무정함이 엿보였다.

칼 한 번만 휘둘러도 죽음을 내리겠다는 빛이었다.

어찌 이 둘을 동시에 품을 수 있을까?

어찌 이 둘이 동시에 공존할 수 있을까?

운정은 당장이라도 그녀를 안아 줄 것 같았다.

또한 당장이라도 그녀를 죽여 버릴 것 같았다.

무엇이 진짜인가?

무엇이 가짜인가?

정채린은 판단할 수도 이해할 수도 없었다.

그저 그 모순에 압도되어 아무 생각도 할 수 없었다.

검을 쥔 손이 서서히 내려갔다.

그리고 검이 그녀의 손에서 흘러내렸다.

땅에 닿았다.

그러자 운정은 어느새 정채린의 옆에 있었다.

그녀는 아직도 전혀 이해되지 않는다는 듯, 옆에 선 운정을 바라보았다.

운정의 눈빛에는 오로지 따뜻함만이 가득했다.

방금 전 보았던 차가움이 환상이었던 것처럼.

그는 청암문을 향해 외쳤다.

"약조대로 그녀를 데리고 가겠습니다."

그 말에 청암지모는 고개를 끄덕였지만, 묵조호는 같은 마음이 아닌 듯 앞으로 한 발 나섰다.

"그럴 수는 없… 으흑!"

운정이 슬쩍 손을 뻗자, 일순간 광풍이 불어닥쳐 묵조호의 몸을 쭉 밀었다.

그는 앞으로 한 발을 내디뎠지만, 다섯 걸음을 뒤로 물러나야했다.

"……."

"……."

"……."

모두들 아무런 말도 하지 못했다.

운정은 정채린을 한 손으로 안아 들더니, 조령령을 향해서 손짓했다.

"조 소저도 오시오."

조령령은 떨리는 목소리로 말했다.

"으, 으응."

그녀는 얼른 운정에게 다가왔다.

운정은 양쪽에 정채린과 조령령을 품고는 제운종을 펼쳐서 암택곡을 벗어났다.

셋이 사라지자, 대자연의 기운이 움직이기 시작했다.

창암지모는 그것을 확연히 느끼면서 중얼거렸다.

"분명히… 분명히 대자연의 기운이 멈춰 있었는데."

그녀는 고개를 돌려 자신의 남편을 보았다.

묵조호도 영문을 모르는 듯 자신의 몸을 훑어보고 있었다.

그녀는 마법사도 보았다.

마법사들도 같은 표정이었다.

창암지모는 다시 고개를 돌려 운정이 날아간 쪽을 보았다.

그의 모습은 이미 사라지고 없었다.

대략 일각을 움직인 그는 한 공터에 도착했다.

그곳에는 멕튜어스와 함께 따라왔던 네 명의 마법사들이 모여 있었는데, 운정의 모습을 확인하고는 경계를 풀었다.

운정은 멕튜어스에게 그들을 받아 준다고 했다. 그러나 차원이동은 그에게만 적용되는 것이니, 일단은 카이랄에 데려가 그들을 숨겨 주었다가, 나중에 정식으로 차원이동을 시켜 주겠다는 제안을 했다.

멕튜어스는 일단 그것만이라도 감사하다고 하며 미리 동굴 입구 주변을 정리하겠다고 먼저 떠났다. 고바넨에게 들켜서는 안 되기 때문이다.

운정은 조령령과 정채린을 내려 주면서 내력을 갈무리했다. 조령령과 정채린, 그리고 조령령의 륜까지 합하면 총 사백 근의 무게이니, 이를 들고 제운종을 펼칠 시 거의 세 배에서 네 배에 달하는 내력을 필요로 했다.

청룡궁에서부터 계속해서 이어진 싸움으로 인해 그의 내력은 고갈 직전까지 이르렀다. 하지만 그는 겉으로 티를 전혀 내지 않으며 마법사들에게 물었다.

"낙양 인근으로 공간이동을 할 수 있겠습니까?"

그러자 마법사들 중 하나가 상의와 연결된 특이한 형식의 모자를 벗으며 얼굴을 드러냈다. 그는 전형적인 파인랜드의 색목인으로 대략 삼십에서 사십 사이의 나이로 보였다.

그가 공용어로 대답했다.

"Yes, when Master Mac'tweus contacts us. But is that Spartoi also teleporting with us? (마스터 멕튜어스께서 연락할 때 가면 된다. 그런데 뒤에 있는 스파르토이까지 공간이동을 하는 건가?)"

조령령을 바라보는 그의 시선은 곱지 않았다.

조령령은 그 말을 알아들을 수 없었지만, 욕설쯤으로 생각했는지 삿대질을 하며 소리를 쳤다.

"뭐라는 거야? 청룡궁에 있을 땐, 내 얼굴조차 쳐다보지 못하던 놈들이!"

마법사들은 모두 언어에 뛰어나다. 한어를 말하기는 어려워도 듣는 데는 문제가 없었다.

그들은 조용했지만, 그 기세가 차갑게 돌아섰다.

운정이 그들 사이에 서려고 할 때, 그의 옆에 있던 정채린도 한마디 했다.

"저 여자는 누구죠? 아까 보아하니, 용인인 듯한데. 왜 그녀를 데려가려는 것이지요? 그리고 이 마법사들은 누구고요?"

운정은 진정하라는 듯 손짓하며 그 셋 사이에 섰다.

그리고는 말했다.

"서로의 일에 상관이 없으니, 크게 신경 쓰지 않아도 됩니다. 우선 낙양으로 가면 천마신교에 들려 정채린 소저를 고지회에 데려다주겠습니다. 그리고 조령령 소저는 제가 청룡궁에서 데려온 대사(大使)로, 그녀는 천마신교의 지도부와 이야기를 할 예정입니다. 그리고 마법사분들은 또 따로 저와 움직일 것입니다. 각자의 비밀이 있고 그것을 전 존중하니, 서로에 대한 이야기는 더 하지 않겠습니다."

그의 설명은 끝났지만, 아무도 만족한 표정을 짓지 않았다. 그나마 조령령이 정채린에게 아무 감정이 없다는 것만 제외하면, 그들은 각자 서로에 대해서 좋은 감정은커녕 악감정을 가지고 있었다.

운정이 없었다면 벌써 싸움판이 되었을 것이다.

묘한 기류가 흐를 때, 얼굴을 드러낸 마법사가 말했다.

"If she's coming with us, we need to prepare. It's no easy job to teleport immune subjects. (만약 그녀가 함께 가야 한다면 꽤나 준비해야 한다. 마법에 면역인 것을 공간이동 하는 것은 쉬운 일이 아니니까)."

운정이 조령령을 흘겨보며 말했다.

"그러고 보니, 용인이라 마법이 통하지 않는군요. 그래도 가능은 한 것입니까?"

그 마법사는 고개를 끄덕였다.

"It's hard to explain the details but yes. because the Teleport spell isn't directly casted upon the subject, but on the surface space of the subject. Still, immune subjects make it much harder. I mean, Much harder. (자세한 것은 설명하기 어렵지만, 가능은 하다. 공간이동 스펠은 대상자에게 직접적으로 거는 것이 아니라, 표면 공간에 거는 것이기 때문이지. 물론 면역성이 있는 대상은 매우 어렵다. 아주 많이.)"

빠르고 조용조용하지만 발음 하나하가 모두 정직한 어투였다.

그 말을 들으니 운정은 전에 내마성 S급을 자랑하는 멜라시움(Melasium)의 공간이동이 가능하다는 것이 기억났다. NSMC(National Spatial Magic Circle: 국립공간마법진)를 사용해야 하며 많은 양의 마나를 필요로 하는 등 여러 조건들이 붙긴 했지만, 어찌 됐든 가능은 하다는 것이다.

운정이 물었다.

"얼마나 걸립니까?"

그 마법사는 조령령을 슬쩍 보더니 말했다.

"Based on her size, maybe two hours. and double that

for the wheel. (저 정도 크기라면, 한 시진정도. 륜까지 이동한다면 그 두 배다.)"

"오래 걸리는군요."

"I mean only two hours; since we are in ZhongYuna. It's not even close to possible at Fine Land. (중원이여서 그나마 한 시진이다. 파인랜드라면 애초에 불가능해.)"

운정은 조령령을 보곤 물었다.

"그 륜, 꼭 가져가야 합니까? 아마 천마신교에 들어가면 무기를 소지할 수 없을 겁니다. 게다가 용골로 되어 있어 더더욱 빼앗기겠지요."

조령령은 잠시 고민하는 표정을 짓다가, 곧 한숨을 쉬었다.

"그래, 알았어. 그럼 다시 놓고 올게."

운정은 마법사를 돌아봤다.

"그럼 한 시진 뒤에 다시 오겠습니다. 그때까지 멕튜어스에게 연락이 없다면, 우선 낙양 인근으로 공간이동 하도록 하지요."

그 마법사는 고개를 끄덕이더니 뒤로 돌아 다른 세 명의 마법사와 상의했다.

운정은 정채린을 보더니 말했다.

"조령령을 데리고 창암문에 다시 다녀올 참인데, 같이 가시겠습니까? 오는 길에 내력을 회복하기 위해서 높은 곳에 있을 생각입니다. 정 회주도 내력을 회복하시고자 하신다면, 저와 함께 가시지요."

정채린은 눈을 반쯤 감으며 말했다.

"제가 이곳에 남으면, 이 마법사들을 죽일까 염려되십니까? 그래서 그런 말씀을 하시는 겁니까?"

운정은 고개를 저었다.

"그럴 리가요. 정 회주께서는 자신의 과오를 인정했고 검을 내려놓지 않았습니까? 설마 그런 정 회주께서 또다시 생명을 가벼이 여기진 않으시겠지요."

그녀는 조용히 읊조리듯 말했다.

"마법사들은 화산파를 무너뜨렸습니다. 그리고 제가 쫓겨나게 만들었습니다. 제가 생명을 가벼이 여기지는 않지만, 원수에게는 다릅니다. 운 회원께서는 정당한 복수까지도 악하다 하실 것입니까?"

운정이 차분하게 대답했다.

"이들은 다른 학파에 속해 있었으니 정 소저의 원수가 못 됩니다. 그 일에 직접적인 연관이 없습니다. 당시에는 청룡궁에 있었을 겁니다."

"하나 같은 마법사 아닙니까?"

"무림인 한 명에게 해를 당했다면, 모든 무림인이 복수 대상이 된다는 겁니까?"

"······."

"나와 같이 갑시다. 내가 눈앞에 없으면 정 회주도 마음을 다스리기가 어려울 것이고, 저들도 불편하여 제대로 마법을 준비하지 못할 겁니다."

운정은 그녀에게로 왼손을 뻗었다.

정채린은 한참을 고민하더니 곧 그의 손을 잡았다.

"알겠습니다. 운 회원의 말을 따르겠습니다."

"잘 생각하셨습니다."

"이번엔 제가 알아서 경공을 펼칠 테니, 안아 주실 필요가 진 없습니다, 운 회원."

"알겠습니다."

운정은 마법사에게로 고개를 돌렸다.

마법사는 정채린을 보고 있다가, 운정과 눈이 마주쳤다.

운정이 물었다.

"이름을 알려 주시겠습니까?"

그 마법사가 대답했다.

"Artesis.(알테시스)."

"알겠습니다, 알테시스. 한 시진 뒤에 봅시다."

운정은 오른손에 조령령을 안아 들고 왼손으론 정채린의 손을 잡고 경공을 펼쳐 움직였다.

그런 그들이 멀어지는 것을 본 마법사들은 본격적으로 공간이동 마법을 준비했다.

운정은 청암문 청룡탑 부근에 도착했다. 조령령은 안으로 뛰어 들어가더니, 아무 사람에게 륜을 맡겨 버리곤 다시 돌아왔다.

이후, 그들은 높은 곳을 찾아서 경공을 펼쳤다. 창암문의 건물들이 한눈에 보일 정도로 높디높은 봉우리에 안착했다. 운정과 정채린은 가부좌를 틀었다. 정채린은 조령령을 경계했지만, 운정이 그녀가 공격하지 않을 것임을 보장하니, 곧 경계심을 낮추고는 운기조식에 들어갔다.

운정 또한 눈을 감고 호흡했다.

그리고 심상의 가장 깊은 곳으로 내려가 실프와 노움을 찾았다.

그들은 운정의 단전에서 서로의 손을 잡고 춤을 추고 있었다.

[미래를 위해 잠깐을 참는 코스모스! 아아! 그 성숙함이여! 그 코스모스의 유지를 이어받아 카오스의 지경을 넓히는 의지. 그것이 우리.]

[이 작디작은 시공간에 갇혀 진동하는 카오스! 아아! 그 원통함이여! 그 카오스의 유지를 이어받아 코스모스의 자비를 호소하는 의지. 그것이 우리.]

운정이 다가오자 그들은 곧 춤을 멈추고는 그를 올려다보

있다.

[안녕하세요?]

[안녕하세요?]

운정은 방긋 웃어 보이고는 그들에게 말했다.

[날 도와줘서 고마워.]

그들은 부끄러워하다가 겨우 말했다.

[별거 아닌데요, 뭘.]

[별거 아닌데요, 뭘.]

운정이 말했다.

[많이 배고프지? 이제 다시 내력을 모을게.]

그러자 그들이 동시에 고개를 끄덕였다.

[좋아요!]

[좋아요!]

운정은 다시 의식의 표면 위로 올라왔다.

그리고 무궁건곤선공을 운용하기에 이르렀다.

그러자 엄청난 양의 내력이 호흡을 통해 내부로 들어와 선기로 전환되기 시작했다.

얼마나 지났을까?

운정이 눈을 뜨고 앞을 보았다.

그곳엔 조령령이 쭈그려 앉은 채로 그를 바라보고 있었다.

"일어났어?"

운정이 대답했다.

"정 회주는?"

조령령은 하품을 하며 눈물을 찔끔 보이더니, 한쪽을 가리켰다.

운정이 고개를 돌려 그곳을 보았다.

정채린은 가부좌를 틀고 앉아 있었고, 그런 그녀의 뒤로 디아트렉스가 똑같은 모습을 가부좌를 틀고 있었다. 정채린의 몸에선 정공의 기운이 느껴졌지만, 디아트렉스에게선 마기가 넘실거렸다.

운정이 눈초리를 모았다. 그러자 정채린에게서 한 줄기 마기가 생성되는 것이 보였다. 그 한 줄기의 마기는 그녀 주변을 돌다가 정수리 쪽에서 위로 빠져나왔는데, 그 질로만 봐서는 극마 급 정도로, 꽤나 짙은 것이다.

그리고 그렇게 빠져나간 마기는 그녀의 뒤에 있는 디아트렉스에게로 흡수되었는데, 디아트렉스는 그것을 코로 호흡하면서 몸 안의 마나를 불려 나갔다.

대자연으로부터 내력을 얻는 정채린과, 그녀의 몸에서 흘러나오는 마기를 흡수함으로 마나를 얻는 디아트렉스. 이 둘의 관계는 오묘했다.

운정은 그것을 통해서 정채린이 자신의 마음속에 싹튼 마를 어찌 해결하는지 알 수 있었다.

그녀는 그것을 그저 디아트렉스에게 넘겨 버리는 것이다.

운정은 차분히 그녀를 기다려 주었다.

곧 그녀는 눈을 떴다. 동시에 디아트렉스는 그녀의 그림자 속으로 자취를 감추었다.

그녀가 자리를 털고 일어나며 운정을 돌아봤다.

"다 회복하지 못하셨군요."

"아쉽게도. 정 회주는 다 회복하셨습니까?"

"예, 충분히 회복했습니다."

"그럼 갑시다."

운정은 왼손을 그녀에게로 뻗었다.

정채린이 그 손을 잡아, 오른손으로는 조령령을 안고 경공을 펼쳐 그 봉우리에서 떠났다.

*   *   *

알테시스를 포함한 네 명의 마법사.

운정.

조령령.

정채린.

이 일곱 명은 공간이동을 통해서 카이랄로 향하는 동굴 앞에 도착했다.

그 동굴 주변엔 멕튜어스를 제외하고 아무도 없었는데, 그가 먼저 와서 그들이 몰래 돌아갈 수 있게끔 수를 쓴 듯했다.

그는 운정과 함께 온 조령령과 정채린을 의심의 눈초리로 바라보다가 운정에게 물었다.

"그들은?"

운정은 나지막하게 대답했다.

"신경 쓰시지 않아도 됩니다."

"……."

운정은 정채린을 돌아보며 말했다.

"정 회주님, 청룡궁에서 파견한 조 대사를 천마신교로 데려다줄 수 있겠습니까?"

정채린은 조령령을 힐긋 보며 말했다.

"전 그녀의 신변까지 책임지진 않을 것입니다."

"좋습니다. 다만, 누구라도 그녀를 건드리면 그 사람을 용서치 않겠다고 전해 주십시오."

정채린은 코웃음을 쳤다.

"왜요? 복수라도 하시렵니까?"

운정은 고개를 끄덕였다.

"전 청룡궁에 그녀를 보호하겠다 약조했습니다. 그리고 그녀는 청룡궁을 대표해서 천마신교에 찾아온 대사입니다. 그녀를 해하는 자를 제가 해하는 것은 단순히 개인적인 복수라

할 수 없습니다."

정채린은 여전히 코웃음을 거두지 않았다.

"좋습니다. 운 회원께서 그렇게 말씀하시는데 제가 뭐라 하겠습니까? 제가 나서서 보호할 일은 없겠지만, 운 회원의 말을 전하기는 하겠습니다. 그 이후의 일은 전 모릅니다."

냉랭하기 그지없는 말투였다.

조령령이 운정을 올려다보며 말했다.

"그냥 나도 따라 들어가면 안 돼? 저 여자 별로야."

운정은 그녀의 머리를 한 번 쓰다듬었다. 그 모습을 본 정채린의 아미가 살짝 찌푸려졌다.

"안의 공간은 뒤틀려 있기 때문에 마법이 통하지 않는 용인에게 어떻게 작용할지 몰라서 위험합니다."

"그럼, 여기서 기다리지 뭐."

"여기는 안전하지 않습니다."

"그래도 저 여자 따라가는 건 싫어. 가지 마."

정채린이 뭐라 한마디 하려는데 멕튜어스가 먼저 말했다.

"내가 데리고 있겠다. 안전은 보장하지."

운정은 그를 보며 말했다.

"괜찮으시겠습니까?"

그는 동굴 쪽으로 고개를 까닥하며 말했다.

"우리의 미래를 건 사람에게 이 정도는 해 줄 수 있다. 안심

해도 된다."

운정은 조령령에게 말했다.

"그럼 그와 잠시 있으십시오. 전 안에 들어갔다 오겠습니다."

그녀는 정채린과 멕튜어스를 한 번씩 번갈아 보더니 고심 끝에 말했다.

"아니야. 그냥 정채린 따라갈게. 설마 해코지하겠어? 이따 봐."

조령령은 그렇게 말한 뒤에, 정채린에게 뛰어갔다. 정채린은 차가운 표정으로 몸을 돌렸고, 조령령은 그녀의 반 보 뒤에서 따라 걷기 시작했다.

그 둘은 천천히 운정에게서 멀어졌다.

운정은 그녀의 뒷모습을 보다가 한숨을 쉬었다.

"후우. 마스터 멕튜어스, 잘 부탁드리겠습니다."

"나야말로."

운정은 포권을 취해 보인 뒤에, 동굴 안으로 들어갔다.

알테시스를 포함한 네 명의 마법사는 멕튜어스와 마지막 인사를 나누고는 운정을 따라서 들어갔다.

한참을 걸으니, 버섯 입구가 나왔다. 마법사들이 잠시 당황했지만, 운정이 아무렇지도 않게 그 안으로 들어가는 것을 보고 따라서 들어갔다.

얼마나 걸었을까? 알테시스가 운정에게 공통어로 말했다.

"프락센이 어떻게 죽었는지 알려 줄 수 있나? 친하지는 않았지만, 같은 처지에 있으면서 아주 교류가 없진 않았다."

전과 똑같이 빠르고 조용하며 또박또박한 어조였다.

운정은 걸음을 조금 늦추며 되물었다.

"프락센이 누굽니까?"

"죽음에 이를 정도로 고문했으면서 그 이름조차 묻지 않았나 보군."

안양 근처에서 죽였던 그 마법사에 대해서 묻는 듯했다.

운정이 말했다.

"저는 그를 심문했습니다. 고문하지 않았습니다."

"그럼 그가 왜 죽었지? 네가 죽이지 않았다는 건가?"

"그는 자신의 과오를 끝까지 인정하지 않았습니다. 그리고 심문하는 도중 몇 번이고 제게 공격을 시도했습니다. 그 모든 것을 전 용서했고 그는 결국 마지막에 죄를 뉘우치는 듯했습니다. 그러나 그 또한 연기였습니다. 몸을 돌린 저를 뒤에서 기습했습니다. 때문에 그에겐 갱생의 여지가 전혀 없다 판단했습니다."

"프락센답긴 하군. 그래서? 결국 네가 그를 죽였다는 것이로군."

목소리에는 일말의 감정도 섞여 있지 않았다.

하지만 운정은 이상하게도 더 설명해야 한다는 느낌이 들었다.

"그가 백여 명에 해당하는 인간을 아무렇지도 않게 죽였을 때, 전 그 자리에 있었습니다. 제겐 그를 심판할 수 있는 권리가 충분했습니다. 확실히 그의 악행을 목격한 사람으로서, 또 그가 그 일에 대해서 전혀 반성하거나 후회하지 않는다는 것을 확인한 사람으로서, 저는 그의 생명을 거둘 자격을 얻은 것입니다."

알테시스는 여전히 똑같은 목소리로 물었다.

"머리 아프지 않나? 일일이 다 그렇게 따지면?"

운정은 멈춰 섰다.

그러자 네 명의 마법사들도 자연스럽게 설 수 밖에 없었다.

운정은 몸을 돌려 버섯의 결 사이로 흐릿하게 보이는 네 명의 마법사들을 똑바로 바라보며 말했다.

"모든 생명은 존귀합니다. 생명의 가치는 다른 생명의 가치로 따질 수밖에 없고 때문에 생명 하나를 심판하기 위해선 다른 생명의 가치와 빗대어 충분한 이유가 뒷받침되어야 합니다. 그것이 머리 아프고 귀찮은 일이라 하여 그만두는 것이 바로 당신의 마스터 멕튜어스가 말했던 힘에 취하는 것입니다."

"……"

"멕튜어스는 자신의 목숨이 위험해지는 한이 있더라도 당신들을 나에게 양도했습니다. 전 그에게 있어 제자를 죽인 원수입니다. 하지만 그는 개인적인 감정을 전혀 겉으로 티를 내지 않으며 제 앞에서 끝까지 낮은 자세로 부탁했습니다. 그 이유를 아십니까?"

알테시스는 마른침을 한번 삼켰다.

그러더니 대답했다.

"네크로멘시 학파의 존속을 위함이지."

"그렇습니다. 그리고 이를 위해선 힘을 절제하는 방법을 배워야 한다고 믿은 것입니다. 당신들도 그것에 동의하기 때문에 절 따라오는 것 아닙니까? 그렇지 않다면 마법사의 천국이라는 중원에서 벗어나 왜 다시 파인랜드로 돌아가려 하는 것입니까?"

"……"

네 마법사들은 아무런 말도 하지 않았다.

아니, 못 했다.

운정의 말대로 그들은 멕튜어스의 생각에 모두 동의하기 때문에 지금껏 따른 것이다. 아니라면 각자 잠입해 있는 학파의 일원으로서 살면 그만이다.

실제로 멕튜어스가 직접 키워서 잠입시킨 제자들 중 그런 삶을 선택한 자들이 압도적으로 많았다. 프락센과 알테시스를 포함한 다섯 명만이 그 생각에 동의하여 그를 따른 것이다.

운정은 그들을 향해서 다시 입을 열었다.

"그는 제게 차원이동만 해 준다면 더 바랄 것이 없다 하였습니다. 하지만 전 여러분들을 카이랄에 두고 신무당파의 도를 가르쳐 생명의 존귀함에 대해서 깨닫게 할 것입니다. 그럼으로 여러분들의 학파가 존속할 수 있도록 도울 것입니다."

그 말에 알테시스가 처음으로 감정이 섞인 목소리로 말했다.

"왜? 왜 그렇게까지 하지?"

운정은 몸을 돌리며 마지막 말을 남겼다.

"제 도가 공존이기 때문입니다."

멀어지는 운정을 보며 알테시스를 비롯한 네 마법사들은 각자의 생각에 빠져들었다. 그러면서 다시금 그를 따라 걷기 시작했다.

시간이 흘러, 그들은 카이랄의 중심부에 도착할 수 있었다. 그러자 고밀도 마나가 단박에 느껴지면서 호흡 하나하나에 녹아들었다. 그것만으로도 이미 충분히 놀랄 만한 것이지만, 네 마법사는 눈앞에 떠다니는 마법진에 온통 시선을 빼앗겼다.

"최고급 은닉 마법! 좌표뿐 아니라 마나까지도 은닉하고 있어. 이, 이런 마법진을 도대체 누, 누가?"

"이 정도면 델라이의 천재가 아니고서야 불가능할 거야."

"그는 이미 죽었잖아?"

"델라이의 미치광이다."

마지막으로 말한 알테시스의 말에 세 마법사들은 모두들 고개를 끄덕였다. 파인랜드에서 운정과 연관이 있는 사람 중 이런 마법진을 만들 수 있을 만한 사람은 델라이의 미치광이, 스페라밖에 없었기 때문이다.

하지만 그들은 곧 알테시스가 심상치 않은 분위기를 풍기며 지팡이를 들어 올리는 것을 보았다. 그리곤 저 멀리 붉은 옷의 마녀 한 명을 노려보고 있다는 것을 깨달았다.

이제 보니 알테시스는 그녀를 발견하고 말한 것이었다.

세 마법사가 자신의 지팡이를 들기도 전에, 스페라가 이미 자신의 지팡이를 뻗고는 주문을 시전했다. 그에 한발 앞서서 알테시스도 주문을 외웠다.

[노 매직 존(No Mana Zone)]

"파워 워드 킬!"

스페라의 즉사 주문은 알테시스의 주문에 의해서 막혀 시전되지 못했다. 그런데 그때 그녀의 지팡이에서 불쑥 물체 하나가 떨어지더니, 곧 운정의 모습을 취했다. 그 운정은 날카로운 미스릴 검을 들고 그들을 향해서 달려오는데, 제운종을 그대로 모방하며 급속도로 거리를 좁혔다.

알테시스는 자기도 모르게 헛바람을 들이켰다. 그 운정에게서 벗어나려면 이동 마법을 써야 하는데, 노 매직 존 안에선 마법을 쓸 수 없었기 때문이다.

이를 눈치챘는지, 한 마법사가 먼저 지팡이를 들곤 얼른 주문을 외웠다.

[매직 존(Magic Zone)]

그러자 스페라는 기다렸다는 듯이 지팡이를 앞으로 뻗었다.

[파워-워드 킬(Power-word kill)]

즉사 주문이 시전되었다.

이 모든 것은 부지불식간에 일어난 일로, 그들은 죽음을 면키 어려워 보였다.

그 하나의 프레임 속에서 네 마법사는 두려움이 몸을 떨었다.

그런데 그때, 즉사 주문과 네 마법사 사이에 운정이 불쑥 나타났다.

즉사 주문은 운정에게 들어갔고, 그것은 아무 효과도 내지 못하고 사라졌다.

챙-!

스페라의 패밀리어, 도플갱어(Doppelganger)가 휘두르는 검이 운정의 검에 의해서 막혔다. 운정은 실프에게 도움을 청해서 왼손에서 바람을 일으켰고, 그러자 도플갱어는 스페라의 옆까지 쭉 밀려났다.

"운정!"

스페라의 목소리는 반가움을 담고 있었지만, 그와 동시에 의아함도 갖고 있었다.

운정이 검을 내리며 말했다.

"이들을 해하지 마십시오, 스페라. 그들은 로스부룩의 죽음에 관여한 사람들이 아닙니다."

그 말에 스페라는 수만 가지 생각과 감정이 들었다. 하지만 그녀는 하나의 생각과 감정에 집중하기로 했다.

바로 고바넨이 로스부룩을 죽였다는 것과 그로 인해서 분노한다는 것이다.

"저놈들. 중원에서 온 거 보니까, 네크로멘시 학파 마법사들 맞지?"

"예."

"……."

스페라는 더 말하지 않았다.

운정이 말했다.

"전에 한밤중에 절 불러 했던 이야기들은 모두 거짓이었습니까?"

스페라는 항의하려고 입을 벌렸지만, 곧 운정의 눈빛을 보고는 입을 다물었다. 그의 눈빛에는 은은한 노기가 서려 있었기 때문이다.

　그녀는 결국 눈길을 아래로 돌렸다.

　"미안해."

　"……."

　빠른 사과에 운정의 기세도 다소 누그러졌다.

　스페라는 땅을 보면서 나지막하게 말을 이었다.

　"미안해. 막상 네크로멘시 학파의 마법사들을 보니까, 감정을 주체하지 못했어. 그때 내가 한 말들이 입 발린 소리였던 건 아니야. 다만, 여기는 신무당파의 비밀 장소잖아. 이런 곳에 떡하니 마법사들이 나타나니, 위협적으로 느껴지기도 했고. 뭐, 그래서 그런 거지. 내가 막 복수하려고 그런 건 아니라고. 알잖아? 중원에서는, 내가 잘 참은 거."

　"압니다."

　"그러면 그렇게 보지 마. 응? 미운 눈으로 보지 말라고."

　운정은 눈을 살짝 감았다.

　그리고 그 또한 감정을 훌훌 털어 버렸다. 그리고 다시 눈을 떠 스페라에게 다가갔다.

　그녀는 운정의 눈을 힐긋힐긋 볼 뿐, 대놓고 마주 보진 못했다.

운정이 말했다.

"그들은 당분간 이곳에 지낼 것입니다."

그 말에 스페라가 고개를 확 들어 운정을 보았다.

운정의 눈빛은 확고했다.

그녀는 중얼거리듯 말했다.

"그래도 얼굴 보는 건 좀 어려울 거 같아."

"해내셔야 합니다."

"내가 왜?"

"시르퀸 또한 우화를 용납했습니다. 그녀는 신무당파의 공생의 도를 위하여 자신의 생명뿐 아니라 자기 자손의 위협이 될 만한 존재를 받아들인 것입니다. 그런데 만약 신무당파의 장로께서 과거의 복수심에 사로잡혀, 직접적인 상관도 없는 이들을 용납할 수 없다면, 앞으로 신무당파의 도가 바로 설 수 없습니다."

"……"

"신무당파는 이제 막 첫발을 내디뎠습니다. 이 한 발을 어디로 내딛느냐가 앞으로의 방향을 결정할 것입니다. 만약 저들과 공존하는 것을 거부하신다면 스페라 스승님께서는 신무당파에 속해 있으실 수 없습니다. 이는 신무당파의 개파조사로서 물러설 수 없는 부분입니다."

그 말에 스페라는 이를 부득 갈았다. 그녀는 도끼눈으로 네 마법사들을 한번 흘긋 보다가 다시 운정을 돌아보고는 말했다.

"나보다 저들이 더 중요하다는 거야?"

"아니요. 전 스페라 스승님이 더 이상 감정에 따른 살인을 저지르지 않았으면 좋겠습니다."

그녀는 코웃음 쳤다.

"저놈들이 누군지 몰라? 네크로멘시 학파야. 저놈들이 죽인 사람은……"

운정은 그녀의 말을 잘랐다.

"스페라 스승님께선 살인에 떳떳하십니까?"

"……"

스페라는 아무 말 하지 않았다.

운정이 말했다.

"저들은 이곳에 지낼 것입니다. 정 얼굴을 볼 수 없거든, 이곳에서 잠시 떠나 계십시오. 그들은 곧 떠날 겁니다. 그때 또 부르겠습니다."

그의 말은 냉정했고 또 단호했다.

스페라는 울컥했다.

"좋아. 있으라 해. 좋지 뭐. 봐줄게. 내가 뭐가 아쉬워서 떠나. 됐어. 봐주지 뭐."

운정은 네 마법사들을 향해서 고개를 돌리곤 고개를 끄덕였다. 그러자 알테시스를 비롯한 그들이 지팡이를 내리며 안도의 표정을 지었다.

스페라는 몸을 확 돌려 그들에게 등을 보였다.

운정은 그녀 앞으로 걸어갔다.

스페라는 일부러라도 운정과 눈을 마주치려 하지 않았다.

운정은 조용한 어투로 그녀의 이름을 불렀다.

"스페라."

스페라는 팔짱을 꼈다.

"알았다니까. 용납할게. 하면 되잖아. 안 한다면 내쫓겠다는데. 해야지 뭐."

"스페라."

"왜? 왜 그렇게 부르는데?"

"스페라."

"……"

그녀가 결국 눈길을 들어 운정을 바라보자, 운정이 나지막하게 말했다.

"전 당신의 도움이 필요합니다, 스페라 스승님. 저라고 선을 모두 알았겠습니까? 저라고 도를 모두 깨달았겠습니까? 하지만 앞서 길을 개척하기 위해선 독선적일 수밖에 없습니다. 홀로 하기엔 너무나 외로운 길입니다. 그러니 옆에서 절 보좌해 주서야 합니다. 스페라 스승님 같은 분이 제 옆에 있지 않으면 전 제가 바른 길을 가는지 아닌지 도저히 알 수 없습니다. 제가 제 힘에 취하여 타인의 약함을 보지 못할 때, 제가 제 사상에 취하여 타인의 생각을 알지 못할 때, 그때마다 바른 길을 제시해 주셔야 합니다."

그녀는 운정의 눈을 똑바로 바라보며 말했다.

"넌 네크로멘시 학파가 신무당파에서 말하는 공존의 영역에 들어올 수 있는 존재라고… 정말로 그렇게 생각하는 거야?"

"모르는 일입니다. 그러니 해 보겠다는 겁니다."

"네크로멘서는 시체를 살려서 패밀리어로 삼는 마법사들이야. 그리고 더 강한 시체를 얻기 위해선 어떠한 도덕적 잣대도 따르지 않아. 그들을 받아들이고 그들의 공생성(共生性)을 판단하는 과정에서 누군가 죽어 나간다면? 그렇다면 어떻게 할 거야?"

"그렇다고 해서, 그들은 공존할 수 없다 미리 단정 짓고 그들을 배척할 수는 없습니다. 갱생의 의지가 있다면 마땅히 기회가 주어져야 합니다."

"왜?"

"누구든 실수하는 법이기 때문입니다. 그리고 그 실수를 통해서 뉘우치고 발전하는 것이 생명이고, 삶입니다. 신무당파가 악인을 심판할 권리를 가진다면, 어떤 악인이든 갱생할 기회를 원할 경우 그것을 보장하는 책임 또한 있습니다."

스페라는 운정을 뚫어지게 보더니 차가운 목소리로 물었다.

"그런데 저들, 네가 말한 대로 갱생할 의지가 있는 건 확실해?"

운정이 설명했다.

"네크로멘시 학파의 서브마스터 멕튜어스는 힘에 취한 마스터들을 내리 봐 오면서, 힘을 제어할 수 없다면 결국 학파 전체가 멸망하리라는 판단을 내렸습니다. 하지만 네크로멘시 학파에는 힘을 제어할 만한 도덕적 규율이 없기에, 일단은 힘 자체에서 벗어나는 방법으로 생존을 도모하려 했습니다. 저들을 중원에서 파인랜드로 보낸 것은 바로 그 이유에서입니다."

스페라는 여러 차례 고개를 끄덕이며 옛일을 회상했다.

"힘에 취한다라… 그거 나도 잘 알지. 세상 모든 것이 다 하찮아 보이고. 내가 뭐 신이라도 된 것 같고. 나도 느꼈던 거니까. 확실히. 마법사가 중원에 있으면 어깨가 올라가는 건 어쩔 수 없어."

"저들은 그런 그의 생각을 받아들이기로 했습니다. 물론 네크로멘시 학파의 존속이 그들의 목적이긴 합니다만, 최소한 규율의 필요성에 대해서는 인지한 것입니다."

스페라는 잠시 말이 없었다.

곧 눈을 반쯤 감으며 천천히 말했다.

"네가 방금 나보고 옆에서 항상 조언해 달라는 식으로 말했었으니까, 나도 확실하게 내 생각을 말할게. 알았지? 네 말을 들었을 때, 저들은 자기들의 잘못을 뉘우쳐 갱생하려는 것도 아니고, 혹은 제대로 된 규율을 배우려고 하는 것도 아니야. 그저 학파의 존속을 위해서 자신들이 감당할 수 없는 힘을 피하려는 것뿐이야. 그런 그들에게 왜 우리가 호의를 베풀어야 하지? 왜 신무당파의 터전을 내주고, 왜 신무당파의 도를 가르쳐야 해? 아니, 애초에. 그들이 받아들이기나 할까?"

운정이 조금 생각한 뒤에 말했다.

"스페라 스승님의 말이 맞습니다. 애초에 멕튜어스는 그들을 파인랜드에만 데려다주면 족하다고 했습니다. 다만, 여기서 안전하게 그들을 데리고 있다가 스페라 스승님과 차원이동을 통해서 정식으로 파인랜드로 그들을 보내려고 생각했습니다."

"그러면 저들에게 공생의 도를 가르쳐 보겠다는 것은 엄연히 네 생각이네, 그렇지?"

운정은 인정하지 않을 수 없었다.

"예, 그렇습니다."

"그럼 네가 저들에게 호의를 베풀려는 게, 단순히 무당산의 정기를 되찾기 위한 개인적인 욕심에서 비롯된 것인지 아니면 정말로 신무당파의 도를 위해서 그렇게 하는 것인지 확실히 구분할 수 없지 않겠어?"

그 순간 운정은 깨달았다.

왜 스페라가 운정의 의견에 계속해서 반대하는지.

그녀는 그녀치고는 매우 조심스럽게 또 예의 바르게 운정의 진위를 의심하고 있었던 것이다.

운정이 미소 지으며 말했다.

"아, 오해하셨군요. 제가 말하지 않은 것도 있지만."

"뭘?"

"무당산의 정기를 받기 위해서 저들을 끌어들인 것이 아닙니다."

"뭐?"

"그걸 위해서 하는 것이 아닙니다. 그저 멕튜어스의 진심을 믿고 호의를 베푸는 겁니다."

스페라는 어이없다는 표정을 지었다.

"아니, 아무것도 안 받고 그냥 해 주겠다고? 아니, 뭐⋯ 그러니까. 흐음. 그래. 적어도 네가 무당산의 정기를 탐내서 이런 억지를 부리는 게 아니라는 건 알았어. 좋아. 네 진심을 알게 된 건 너무 좋아. 너무 좋거든? 근데 손해잖아 너무! 아, 아무튼 이, 일단 오해해서 미안해. 내 맘 알지?"

운정은 웃어 버렸다.

그러면서 그 와중에, 그도 깨닫는 것이 있었다.

"저도 미안합니다. 저도 스페라 스승님께서 제 의견에 반대하는 이유가 고바넨을 향한 개인적인 복수심 때문이라고 은연중에 단정한 것 같습니다. 저도 오해해서 미안합니다."

그 말을 듣자, 스페라는 어깨를 들썩였다.

"뭐, 사람이 그런 거지 다. 아무튼, 그래서. 우리 어디까지 얘기했었지?"

"무당산 정기요."

"아, 그래. 무당산 정기. 그거 안 받았다 그랬지? 그럼 뭐 받았는데?"

"그냥 이야기를 들었습니다. 멕튜어스의 진심이 정말 진심인지 확인하기 위해서. 그걸 가지고 정보를 받았다라고 하면 받았다고는 할 수 있겠습니다."

"참 나, 그럼 진짜로 그냥 호의네? 게다가 저들이 바라지도 않는 호의 말이야. 그럼 애초에 호의가 아니잖아?"

운정은 설명했다.

"그래도 가르치고 싶습니다. 멕튜어스의 말대로 저들이 파인랜드로 돌아간다고 해 봅시다. 그러면 그들이 과연 힘에 취하지 않을 수 있을까요? 중원에서 도망치는 것은 임시방편에 불과합니다. 저들은 여전히 힘을 추구할 것이고, 그 과정에서 많은 생명들이 고통을 받을 겁니다."

스페라는 답답하다는 듯 양손을 펼쳐 보였다.

"그러니까! 저들은 공생할 수 없어! 네크로멘서잖아!"

그 소리는 조금 컸는지, 네 마법사들도 그 말을 들었다. 그들은 다시금 지팡이로 손을 가져가면서 경계의 눈길로 운정과 스페라를 보았고, 이에 스페라의 눈빛이 차가워지는 것을 본 운정은 그 둘 사이에 흐르는 살벌한 분위기를 눈치채고 마법사들을 향해서 손 하나를 뻗었다.

"괜찮습니다. 경계하지 마십시오. 스페라 스승님, 스승님도요."

그 둘은 운정을 보더니 곧 지팡이를 내렸다.

운정이 다시 스페라에게 말했다.

"따라서, 저들이 이후 파인랜드로 가서 다른 생명들에게 끼칠 해악을 막는 방법은 두 가지입니다. 첫 번째는 저들에게 공생의 도를 가르쳐 해악을 끼치지 않도록 유도하는 방법. 두 번째는 저들을 지금 이 자리에서 죽여 애초에 해악을 끼치지 못하도록 하는 방법. 둘 중 무엇이 신무당파의 도와 가깝겠습니까, 스페라 스승님?"

스페라는 한쪽 볼을 부풀리더니 툭하니 말했다.

"두 번째."

"스승님."

"뭐?"

"스승님."

"아. 왜 그렇게 봐."

"스승님."

"아, 알았어. 첫 번째. 됐어?"

운정은 크게 고개를 끄덕이더니 말했다.

"맞습니다. 첫 번째입니다."

스페라는 고개를 도리도리 흔들더니 말했다.

"누가 스승이라는 거야, 정말."

운정은 그녀의 어깨에 손 하나를 올리며 부드럽게 말했다.

"그럼 스페라 스승님께서 저들에게 신무당파의 도를 가르쳐 주실 수 있겠습니까?"

그녀는 순간 얼굴을 확 찌푸렸다.

"뭐? 내가?"

"예, 부탁드리겠습니다. 전 할 일이 많아서 여기 있을 수 없습니다."

"참 나, 할 일은 나도 많아. 지금 델라이 상황이 어떤지 알아?"

"어떻습니까?"

운정의 질문에 스페라는 뭐부터 말해야 할지 몰라 한숨을 푹 쉬고는 다시 말했다.

"아니야. 할 일이 많다고 하는 거 보니까, 중원에서의 일이 아직 안 끝났구나? 이틀 뒤에 보자 했는데, 코빼기도 안 보이더니만. 파인랜드에는 언제쯤 올 거야?"

"곧 가지 않을까 합니다. 일단 교주를 만나고 신무당파에 관해서 최종적으로 결판을 지을 생각입니다. 그들이 놔주지 않는다면 독립이라도 해야겠지요."

"괜찮은 거지?"

"다시 연락드리겠습니다."

그녀는 품속에서 아티팩트 하나를 꺼냈다. 그리고 운정에게 주었다.

목걸이와 같은 것으로 보랏빛으로 빛나는 것을 보면 퍼플마나 스톤으로 만들어진 것 같았다.

"여기엔 강력한 마킹(Marking)이 걸려 있어. 그것을 부수면 그 순간만큼은 차원을 넘어서도 좌표를 알 수 있지. 만 하루 뒤부터 NSMC를 가동시키고 네가 그걸 부수길 기다릴게. 그러면 바로 그 좌표로 차원이동하면 되니까. 네가 온다고 하면 머혼도 허락할 거야."

"만 하루……."

과연 그 안에 중원에서의 일을 모두 마무리할 수 있을까?

스페라는 운정의 눈치를 살피다가 조심스럽게 물었다.

"어려워?"

운정은 고개를 저었다.

"아닙니다. 괜찮을 것 같습니다. 그 안에는 담판 지어야지요."

"참고로 저 마법사들도 같이 있어 줘. 그때 한꺼번에 차원 이동하자고."

"좋습니다."

"언제 델라이에 폭풍이 몰아닥칠지 모르니까. 만 하루도 좀 그래. 최대한 빨리 왔으면 좋겠어. 주변국에서 네 부재를 아는 순간 즉시 전쟁이 발발해도 이상하지 않으니까."

스페라의 말에는 한 줄기 불안함이 있었다.

그 말에 운정은 스페라가 왜 카이랄에 있는지 알 것 같았다.

"전투 대기 중이시군요. 최상의 상태로."

"여긴 마나가 많으니까. 고밀도이기도 하고."

"……"

그때 한 HDMMC(High Density Mana Magic Circle:고밀도 마나 마법진)에서 여인이 걸어 나왔다. 검은 흑발이 아름답게 찰랑거리고 고혹적인 눈매를 가진 미녀, 시아스였다.

"밖이 시끄러워서 나와 봤는데, 마스터께서 있을 줄은 몰랐네요."

그녀는 양손에 영령혈검을 들고 있었다. 운정은 그 검을 보는 순간, 단전에 있는 실프와 노움이 격렬하게 반응하는 것이 느껴졌다. 그녀는 운정과 스페라에게로 가까이 다가오더니, 마법사들을 향해서 고갯짓을 했다. 그러자 스페라가 대답했다.

"네크로멘시 학파 마법사. 크게 신경 쓰지 마. 좀만 머물다 가 갈 거니까. 맞지, 운정?"

운정은 고개를 끄덕이더니, 나지막하게 말을 시작했다.

"중원도 파인랜드도 급박한 상황에 놓여 있으니, 느긋하게 신무당파의 도를 가르칠 순 없겠습니다. 만 하루 만에 그들을 다시 모아서 차원이동하겠다는 것도 어렵고……."

"그럼?"

"제가 그냥 데리고 있어야겠습니다."

"천마신교에서 뭐라 하지 않겠어?"

"어차피 탈교까지도 고려하고 있습니다. 척을 진다면 척을 지겠지요. 상관없습니다."

"……."

"그런 의미에서 시아스, 네 영령혈검을 빌릴 수 있겠느냐?"

시아스는 잠시 눈살을 찌푸렸다. 그 모습에 스페라가 그녀의 어깨를 툭 치자, 그녀가 안타깝다는 듯 말했다.

"하아. 이건 나한테는 마약 같은 거라고요. 이거 없으면, 금단현상도 나타나요."

스페라가 툭하니 말했다.

"하루만 참아."

그녀는 불만스러운 표정을 지었다.

"후. 알겠어요. 애초에 제 것도 아니니. 하지만 하루 뒤에는 꼭 주셔야 해요."

그렇게 말해 놓고도 오랫동안 뜸을 들인 그녀는 결국 운정에게 영령혈검을 내주었다.

운정이 그것을 들자, 양손을 타고 정신의 목소리가 들렸다.

[미래를 위해 잠깐을 참는 코스모스! 아아! 그 성숙함이여! 그 코스모스의 유지를 이어받아 카오스의 지경을 넓히는 의지. 그것이 우리.]

[이 작디작은 시공간에 갇혀 진동하는 카오스! 아아! 그 원통함이여! 그 카오스의 유지를 이어받아 코스모스의 자비를 호소하는 의지. 그것이 우리.]

살라만드라(Salamandra)와 운디네(Undine)가 인사했고, 실프(Sylph)와 노움(Gnome)이 환영했다.

운정의 두 눈이 순간 연보랏빛으로 밝게 빛났다.

"……."

"……."

시아스와 스페라가 긴장한 표정으로 그를 보는데, 곧 연보랏빛이 사그라지면서 원래 운정의 눈으로 돌아왔다.

운정은 시아스에게 말했다.

"영령혈검에 상당히 많은 마가 쌓여 있는 것을 보니, 많이 덜어 내었구나."

시아스는 팔짱을 끼며 말했다.

"그것 말곤 할 게 없었으니까. 아직도 한 1퍼센트는 남았어요. 하지만 덜어 내면 덜어 낼수록 속도가 느려져서 얼마나 더 걸릴지는 모르겠어요."

본래 순수함이란 순수하면 순수할수록 더 순수하기 어렵다. 예를 들면 90에서 99를 가는 과정과, 99에서 99.9를 가는 과정은 같은 노력과 시간이 들지만 그 효율은 십분의 일로 낮아진다.

운정이 말했다.

"끊임없이 마를 덜어 내다 보면, 남아 있는 양이 한 번에 뱉어 낼 수 있는 수준으로 작아질 것이다. 그때 한쪽에 모아서 토해 내어야 진정으로 마에서 벗어났다 할 수 있지. 그때가 되면 내가 도와주마."

시아스는 관심 없다는 듯 말했다.

"뭐, 알겠어요. 아무튼 영령혈검도 없으니, 나는 집으로 돌아가 있을래요. 간만에 가족들 좀 보고."

그러면서 자연스럽게 스페라를 보는데, 스페라가 고개를 도리도리 흔들면서 운정에게 말했다.

"내가 무슨 공간이동 기계도 아니고. 진짜 이거 문제라니까? 다들 배워야 해. 공간이동. 내가 한 명 한 명 일일이 해 줄 순 없잖아?"

운정이 웃었다.

"방도를 알아보겠습니다. 저도 공간이동 만큼은 꼭 배우고 싶은데 시간이 나질 않는 군요."

"지팡이만 만들면 진짜 얼마 안 걸리는데… 그게 어려우니. 아무튼. 그럼 일단 여기서는 헤어져야겠네? 중원으로 나갈 거지?"

"예. 마법사들과 함께 움직이다가 만 하루 뒤에 차원이동 하도록 하지요."

"그래, 좋아. 그 전에 적국에서 침공을 안 하면 다행인데. 만약 NSMC에 이상이라도 생긴다면… 몰라. 아무튼. 일단 해 보자고."

운정은 두 여인을 향해 포권을 취했다가, 문득 든 생각에 물었다.

"그러고 보니, 시르퀸과 우화는 어디 있습니까?"

스페라는 어깨를 들썩였지만, 시아스는 그 답을 아는 듯했다.

"바르쿠으르(Barr'Kuoru)의 어머니가 시르퀸을 불렀나 봐요. 이에 우화도 같이 가겠다고 했고요. 그 둘이 떨어지는 법이 없어요."

운정이 조금 걱정되는 표정을 짓자 스페라가 말했다.

"별일 없을 거야. 설마 우화를 어떻게 하겠어? 그럴 일이 있을 것 같았으면, 시르퀸도 우화를 데려가진 않았겠지."

과연 그럴까?

운정은 엘프의 사고방식을 이해했다고 생각했지만, 곧장 무너진 경험을 여러 번 했다. 그랬기에 그는 우화의 안전을 확신할 수 없었다.

운정은 눈을 감은 뒤에 깊은 한숨을 쉬었다.

스페라는 그의 어깨에 손을 올렸다.

"괜찮아. 너라고 다 할 수 없어. 또 다 확인할 수도 없고. 시르퀸을 믿어. 네 제자잖아. 믿어 봐, 한번."

"……."

"응? 운정."

운정은 고개를 여러 차례 끄덕이며 관자놀이를 한 번 짚었다.

그는 곧 포권을 다시 올렸다.

"그럼 전 이만 중원으로 가 보겠습니다. 그곳에서의 일을 모두 끝낸 뒤에 파인랜드로 복귀하겠습니다. 그 전에 HDMMC으로 심신을 회복하고자 합니다."

스페라와 시아스는 그를 바라보며 동시에 웃어 보였다.

그녀들은 고개를 끄덕였다.

운정은 몸을 돌려 모여 있는 네 명의 마법사들에게 걸어갔다.

알테시스가 그에게 말했다.

"그래서 우리는 죽는 건가?"

역시나 감정이 섞이지 않은 목소리.

농담인지 아님 비꼬는 건지 모를 그 말에, 운정이 나지막하게 대답했다.

"일단은 중원으로 나가야 할 듯합니다. 잠시 기다려 주십시오. HDMMC에서 심신을 회복한 뒤에 갑시다."

그는 이해할 수 없다는 듯 되물었다.

"무슨 일인지 설명해 줄 수 있는가? 여기까지 데려오고 왜 다시 나가겠다는 것이지?"

운정은 설명했다.

"상황이 복잡해졌습니다. 제 원래 뜻은 여러분들을 이곳에 두고 스페라를 통해서 신무당파의 도를 가르치려 했습니다. 마스터 멕튜어스께서 말씀하신 힘을 사용하는 방법 말입니다."

"그런데?"

"스페라도 또 신무당파의 다른 제자들도 누구 하나 여유 있는 사람이 없습니다. 그래서 최대한 빠르게 여러분들을 차원 이동시켜 드리려고 합니다. 만 하루 뒤, 스페라가 저희를 데리러 올 것입니다. 그때 다 같이 파인랜드로 가면 됩니다."

알테시스는 잠시 말이 없다가 툭하니 물었다.

"그럼 마스터 멕튜어스께서 요구하신 대로 차원이동만 시켜 줄 생각인 것인가?"

운정이 그 질문에서 묘한 느낌을 받았다.

그가 알테시스의 두 눈을 똑바로 보며 되물었다.

"신무당파의 가르침을 얻길 바라십니까?"

그 질문에 알테시스는 뒤에 있는 세 마법사들과 눈을 마주쳤다. 그리고는 운정을 향해서 다시 고개를 돌리며 대답했다.

"네가 미치광이와 이야기를 나눌 때 우리끼리도 메시지 마법으로 대화했었다. 우리 모두는 네가 한 말에 동의한다. 차원이동을 해 봤자, 우리는 결국 멸망의 길을 걸을 것이란 것 말이다."

"……."

"나는 마스터가 될 만한 자격이 없다. 빛에 속하면 모를까, 어둠의 학파는 학파의 마스터가 적어도 그랜드위저드(Grand Wizard)는 되어야 한다. 그렇지 않으면 다른 곳에 먹혀 버릴 뿐이야. 그리고 나는 아직 그랜드위저드가 되지 못했어."

운정은 네 명의 마법사을 찬찬히 살펴보다가 말했다.

"제게 바라는 것이 무엇입니까?"

그는 마른침을 한 번 삼키고는 말했다.

"이곳… 카이랄이라고 했나? 이곳은 엄청난 마나가 집중되어 있는 곳이다. 그리고 마나 중 대부분은 네 개의 나무 기둥으로 흘러들어 가는 것 같군. 게다가 신무당파의 제자로 보이는 여인이 그중 한 나무 기둥에서 나오는 것을 보니, 네가 방금 말한 HDMMC가 그 네 개의 나무 기둥 속에 있는 것처럼 보인다. 맞나?"

"맞습니다."

"그렇다면 혹 그중 하나를 내어 줄 수 있나? 그곳에서 내가 마법을 공부하면 짧은 시간 내에 그랜드위저드가 될 수 있을 것이다. 난 이미 코앞에 두고 있어. 그러니 어렵지 않을 것이다."

"……."

"그렇게만 해 준다면 우리는 네 말을 따르겠다. 우리가 독립하기 전까지는 네 명령을 준수할 것이고, 너를 마스터처럼 섬기겠다."

신무당파의 가르침을 받을 테니, HDMMC 하나를 내어 달라?

운정은 알테시스가 뭔가 착각하고 있는 것을 느꼈다.

희미한 미소를 얼굴에 머금고 말했다.

"신무당파의 도를 가르치겠다는 말을 오해하셨군요. 그 말은 여러분들을 아래에 두고 부리겠다는 걸 은유적으로 말한 것이 아닙니다."

알테시스의 표정이 살짝 찌푸려졌다.

"그렇다면 뭐지?"

"말 그대로입니다. 신무당파에서 말하는 선을 가르쳐 드리겠습니다."

"……."

"다시 말하면 힘을 사용하는 방……."

알테시스는 그 말을 잘랐다.

"무슨 말인지는 안다. 규칙을 말하는 것이로군."

"예."

"그것을 우리에게 강요할 생각인가?"

운정은 부드러운 미소를 지었다.

"그럴 수는 없지요. 가르칠 뿐입니다. 받고 받지 않고는 여러분들의 몫입니다. 하지만 규율이 없다면 파멸에 이르는 것은 이미 여러분들께서도 인정하시지 않습니까? 그러니 한 가지 답을 제시하려고 하는 것입니다."

"우리가 거절한다면?"

"그럼 마스터 멕튜어스에게 약조한 대로 차원이동만 시켜 드리겠습니다. 여러분들이 신무당파의 가르침을 받지 않는다 해서 꼭 악행을 저지르리라 단정할 수는 없으니까요."

"······."

"만 하루 동안 시간이 있으니, 잘 고심해 보십시오. 만약 신무당파의 가르침을 받고자 한다면, HDMMC를 사용하는 것을 허락하겠습니다."

운정은 그렇게 말한 뒤 HDMMC로 향했다.

알테시스와 세 마법사들은 그런 그의 뒷모습을 보다가, 자신을 바라보고 있는 스페라의 따가운 시선을 느꼈다. 그녀는 시아스를 공간이동시켜 주고 난 뒤에, 지팡이를 내리지 않고 그들을 주시했다.

마법사들은 곧 자기들끼리 모여서 조용히 논의하기 시작했다.

얼마나 지났을까?

운정이 HDMMC에서 걸어 나왔다.

그는 심력에서도 내력에서도 완전히 회복하여, 그 두 눈에서 이채가 서려 있었다. 그뿐만 아니라 그가 들고 있는 영령혈검에서는 붉은 보랏빛 기운이 은은하게 머무르며 그 또한 마나로 가득 찼음을 잘 말해 주고 있었다.

운정은 마법사들에게 왔다.

"생각해 보셨습니까?"

알테시스가 말했다.

"차원이동할 때까지만 더 고민해 보겠다. 괜찮겠나?"

"좋습니다. 어차피 파인랜드로는 가야 하긴 하니, 그때까진 알려 주십시오."

운정은 홀로 남아 있던 스페라에게 몇 마디 인사말을 건넨 뒤에, 그들과 함께 카이랄에서 빠져나왔다.

그렇게 곧 중원으로 통하는 동굴의 입구까지 다다랐다.

그런데 밖에서 누군가 비명을 질렀다.

"크아학!"

네 마법사는 동시에 지팡이를 꺼내 들었다. 운정 역시 영령혈검을 오른손으론 정향으로 왼손으론 역수로 들고 빠르게 밖으로 나갔다.

환한 달빛 아래.

무허진선이 휘두른 검기에 가슴이 뚫린 멕튜어스가 입으로 피를 토하면서 쓰러지고 있었다.

第八十三章

"마스터!"

알테시스를 포함한 네 명의 마법사가 동시에 큰 목소리로 외쳤다.

그러자 무허진선의 무자비한 눈길이 그들을 향했다.

그런데 그의 뒤로 한 여인이 걸어 나왔다.

"마스터라? 누가 네놈들의 마스터냐? 설마 멕튜어스를 말하는 건 아니겠지? 네크로멘시 학파의 마스터는 나 고바넨뿐이니까!"

고바넨이 든 지팡이에선 검은 기운이 넘실거렸다.

그녀는 네 마법사와 운정을 바라보면서도 전혀 두려움이 없어 보였다. 아니, 오히려 가소롭다는 표정을 지어 보였다.

운정은 무허진선을 보았다.

무자비한 두 눈은 그 속이 비어 있었다.

운정이 그에게 말했다.

"곤륜의 도는 무당의 도만큼이 순수하여 악인이라 할지라도 함부로 살인하기 어려울 텐데, 어찌 그렇게 단칼에 죽일 수 있다는 말입니까?"

"……."

무허진선은 아무런 대답도 하지 않고 운정을 향해서 검을 치켜들 뿐이었다.

그의 눈 속에 담긴 공허함은 일찍이 그가 말했던 태허(太虛)와 같았다.

그가 설마 하는 표정으로 고바넨을 보았다. 그가 말하려는데 고바넨이 먼저 말을 꺼냈다.

"네 생각이 맞아, 운정. 이 트랜센던스(Transcendence)는 내가 부리는 패밀리어가 되었지."

그 말에 네 명의 마법사들은 믿을 수 없다는 듯 눈을 부릅떴다. 그리곤 서로를 바라보며 놀람을 감추지 못했다.

전에 네크로멘시 학파는 무림인의 무력에 대해서 자료를 수집하고 정리했었는데, 그때 트랜센던스는 한 국가의 전투력을 홀로 지녔다는 결론을 맺은 바 있었다. 그러나 그 광활한 심력을 지배하는 것은 불가능하기 때문에, 도저히 패밀리어로 삼을 수 없다는 것 또한 결론의 일부분이었다.

그런데 고바녠이 그것을 해낸 것이다.

운정 또한 고바녠의 말을 믿을 수 없었다. 그는 직접 무허진선과 함께 도에 관해서 논해 보기도 한 사이다. 그러니 아무리 네크로멘시의 마법이 강력하다고 해도, 그의 정신을 지배하는 것이 어떻게 가능한 일인지 이해할 수 없었다.

운정이 물었다.

"어찌 그것이 가능합니까?"

고바녠은 수수하게 웃었다.

"글쎄. 이유는 아직 정확하게 모르겠어. 하지만 이상하게 곤륜의 무림인들은 패밀리어로 삼기 쉬웠지. 그거 알아? 현재 네크로멘시 학파에 속한 마법사들 모두 무림인들을 패밀리어로 두고 있다. 대부분은 곤륜파 무림인들이야. 정말 큰 행운 중 행운이라 할 수 있지. 호호호"

"……."

운정이 아무 말을 하지 않자, 고바녠이 그의 뒤에 있는 네 마법사들의 이름을 하나하나 불렀다.

"낙시아. 라파톤. 우닉스. 그리고 알테시스."

네 마법사들은 자신들의 이름이 불릴 때마다 몸을 움찔했다. 그녀가 자신들의 이름을 알고 있다는 것이 무엇을 의미하는지는 뻔했다.

고바넨은 그들을 향해 고혹적인 미소를 지어 보이더니 자신감이 가득한 목소리로 말했다.

"난 멕튜어스가 한 일을 다 알고 있다. 욘이 마스터로 있을 당시부터, 처음부터 직접 인원을 선별해서 마법을 가르치고 다른 어둠의 학파에 투입시켰다지? 내가 새로운 마스터가 되었는데도 그동안 아무런 말도 하지 않다니. 흥!"

그녀는 오른손을 살짝 뻗어, 땅에 엎드려 있는 멕튜어스를 가리켰다. 그러자 중지에 낀 반지에서 밝은 주홍빛이 쏘아져 멕튜어스에 닿았다. 그 즉시 멕튜어스의 몸이 늙어 가기 시작하더니, 이내 피부 가죽이 뼈에 달라붙어, 오랫동안 썩은 시체처럼 되었다.

고바넨은 만족한 미소를 짓고는 손을 거두며 반지를 쓰다듬었다. 네 마법사는 두려움에 몸을 떨기 시작했다. 그녀는 네 마법사, 특히 알테시스를 보면서 말했다.

"너희들에게 기회를 주겠다. 만약 너희들 앞에 있는 도사를 죽여 내 앞으로 시신을 끌고 온다면 네크로멘시 학파에서 너희를 다시 받아 줄 것이다. 하지만 만약 너희들이 여전히 나를 배신하고 그를 따르겠다면, 상상할 수도 없는 고통 속에서 죽는 것은 물론이거니와, 죽어서도 그 육신과 영혼이 영겁의 시간 동안 고통을 당하게 될 것이다."

"……."

"나는 문핑거즈를 가지고 있고, 트랜센던스를 패밀리어로 부리고 있다. 그뿐만 아니라 네크로멘시 학파의 마법사 전원이 지금 이곳을 둘러싸고 주문을 외우고 있지. 현재까지는 단순히 이 일을 은폐하는 데만 집중하고 있지만, 언제라도 공격 마법으로 전환하여 너희들을 한 줌의 흙으로 되돌릴 수 있다. 그러니 잘 생각해 보고 결정하거라."

낙시아, 라파톤, 그리고 우닉스는 모두 알테시스를 바라보았다.

알테시스는 그들의 눈빛을 하나하나 보면서 그 안에 담긴 감정들을 느꼈다.

불안함. 두려움. 공포심.

그 셋은 모두 네크로멘시 학파의 은혜를 입어 마법사가 되었지만, 곧장 다른 학파로 투입되어 그곳에서 생활했다. 네크로멘시 학파의 주력 마법이라 할 수 있는 부활 마법조차 모르며, 이들의 패밀리어는 시체와 조금도 연관이 없다.

그런 그들이 멕튜어스를 따라, 또 알테시스를 따라 이곳까지 온 것은, 특별한 빚을 졌기 때문이다.

낙시아는 부모의 학대를 견디다 못하고 그들을 자기 손으로 죽였다. 라파톤은 모두가 무시하는 서자 출신으로 저택에서 쫓겨났다. 우닉스는 자결을 결심하고 절벽에서 몸을 투신했었다.

그들이 절망에 빠져 있는 순간 멕튜어스는 그들에게 희망이 되어 주었고, 그로 인해서 그들은 새로운 삶을 얻게 되었다.

이는 알테시스 본인도 마찬가지다. 한 마법사의 실험체로서 죽지도 살지도 못하는 상태로 있었을 때에, 그를 구해 준 것이 멕튜어스였다. 때문에 멕튜어스가 그를 필요로 했을 때, 그는 자신이 지금까지 다른 학파에서 닦아 두었던 기반을 하루아침에 버려 버리고 그를 따랐다.

특히 그는 다른 이들과 다르게 멕튜어스의 제자로 오랜 시간을 보냈었다. 그래서 네크로멘시 학파의 마법에 정통했기 때문에, 파인랜드에 새롭게 설립될 네크로멘시 학파에 빠져서는 안 되는 사람이다. 멕튜어스는 그에게 많은 것을 물려주었고, 때문에 그에게는 아버지와 같은 존재였다.

그런 멕튜어스가 말라비틀어져 죽어 버렸다.

생각을 마친 알테시스가 운정에게 말했다.

"당신이 우리를 도와주려는 이유. 마스터 멕튜어스의 요구 사항을 넘어서서 우리에게 신무당파의 선을 가르치려고 하는 이유. 그것이 정확히 무엇인가? 그 진의를 알려 주었으면 한다."

다소 상황에서 벗어나는 질문이었지만, 운정은 그 질문에 따라서 네 마법사의 결정이 달라지리라는 것을 어렴풋이 깨달았다.

그가 과연 무슨 대답을 원하는 것일까?

운정이 대답했다.

"네크로멘시 학파의 특성상 타인에게 해악을 끼치지 않기 어렵습니다. 하나 그렇다 하여 제가 확인하지도 않은 죄악을 미리 단정해서 당신들을 심판할 수는 없습니다. 그렇기에 여러분들이 타인에게 해악을 끼치지 않고 살아가길 바라는 마음에서 신무당파의 도를 가르치고 싶다고 한 것입니다."

"그건 안다. 난 진의를 물었다. 그것을 알려 주길 바란다."

진의(Truth).

운정의 시선이 땅을 향했다.

자신의 마음을 다시금 살펴보았다.

가장 깊은 곳에서부터 느껴지는 것이 있었다.

그가 나지막하게 말했다.

"프락센을 처벌한 이후, 과연 제 행동이 옳았을까 하는 질문이 계속해서 머리에 맴돌았습니다. 신무당파의 도를 이행하기 위해선 독선적일 수밖에 없는데, 그 독선이 힘을 그저 마음대로 휘두르는 폭력과 어떻게 다른가 하는 점 말입니다."

"……"

"결국 당신들을 도와주고 싶어 하는 마음의 가장 깊은 곳에는, 죄책감이 있습니다. 특히 그 일에 대해서 조금도 따지지 않았던 멕튜어스, 그의 의연한 태도를 보고는 더욱더 죄스러운 마음이 들었습니다. 그래서 더더욱 당신들을 심판하게 되는 일이 벌어지지 않았으면 하는 것입니다. 제가 죽고 난 이후에도, 행여나 신무당파의 이름 아래 네크로멘시 학파가 멸망하는 일이 일어나지 않았으면 좋겠습니다. 이것이 제가 여러분들께 신무당파의 도를 가르치고자 하는 진의입니다."

알테시스는 고개를 숙인 운정을 한참을 보았다.

그러다가 그 시선을 옮겨 서서히 말라비틀어진 멕튜어스로 향했다.

멕튜어스는 죽는 그 순간까지 알테시스를 바라보고 있었다.

그가 눈을 감으며 크게 말했다.

"마스터 고바넨! 당신은 네크로멘시 학파를 멸망으로 이끌 것이다! 우리는 당신을 따를 수 없다!"

그때까지 여유로운 표정을 지어 보이면서 그들을 기다린 고바넨이 차갑게 웃었다.

"그래, 그럴 거라고 생각했지. 하기야 너희들이 항복한다 해도 어차피 죽여 버릴 생각이었어. 그러니 어떻게 보면 너희들은 현명한 거야. 이러나저러나 죽는 건 매한가지니 발악이라도 하는 것이 좋겠지. 하지만 이걸 어쩌나, 트랜센던스와 더 세븐(The Seven)까지 있는 내게, 과연 너희들이 살아 나갈 수나 있을까?"

그녀는 양손을 들었다.

그러자 열 손가락에서 각양각색의 빛이 흘러나왔고, 그녀의 지팡이에서도 흉흉한 기운이 맴돌기 시작했다.

그뿐만 아니라, 무허진선의 전신에서도 한 줄기 기운이 솟아올라 와, 정수리에서부터 하늘까지 일렁이며 올라갔고, 그들이 있는 공간이 점차 무거워지기 시작했다.

알테시스는 조용한 목소리로 운정에게 말했다.

"돕겠다. 우리가 공격하긴 역부족이겠지만, 노 매직 주문으로 저들의 공격 마법을 상쇄하는 건 가능할 것이다."

운정은 영령혈검을 뽑아들고는 그들에게 말했다.

"우선은 동굴 쪽으로. 여차하면 카이랄로 들어가십시오. 저들이 들어오는 건 제가 막아 보이겠습니다. 도와주셔도 그곳에서 도와주시는 것이 좋습니다."

알테시스는 고개를 끄덕이고는, 세 마법사들에게 눈치를 줬다. 그러자 그들 중 라파톤이 공간 마법을 시전하려는데, 그에게 호통을 쳤다.

"라파톤! 프레임(Frame)을 정지 시키면 저쪽에서도 마법을 쓸 것이다. 일단 직접 뛰어가되, 저쪽에서 마법을 시전하면 그때 공간이동하면 돼. 우리가 먼저 시전해 줄 필요 없다. 일단 패밀리어를 소환하고 달리자."

그 말에 라파톤이 고개를 끄덕이며 지팡이를 내렸다.

그리고 네 마법사의 패밀리어들이 곧장 현실로 튀어나왔다. 지팡이에서, 그림자에서, 하늘에서, 등 뒤에서, 각자의 방식으로 나온 패밀리어 역시도 제각각이었다.

그들은 고바넨을 살피면서 동굴로 뛰었는데, 그들이 가는 동안 고바넨은 미소를 얼굴에 띠며 그들을 지켜볼 뿐이었다.

그러다가 그녀가 갑자기 고개를 뒤로 돌리며 손을 들었다.

그 순간 밤하늘에서 갑자기 날벼락이 쳤다.

쫘르릉-!

벼락은 동굴의 입구 쪽에 떨어졌다.

그 아래에서 알테시스가 지팡이를 높게 들고 있었다.

[노 매직(No magic)].

그러자 번개가 순식간에 사라졌다.

고바넨이 그 모습을 보며 웃음을 참지 못했다.

"호호호! 어딜 도망가려고 가지? 네크로멘시 학파가 그렇게 호락호락한 곳이라고 생각했느냐? 건방진 것들."

그녀가 지팡이를 올리며 마법 하나를 시전했다.

그러자 이번에는 라파톤이 지팡이를 올려 동시에 마법을 시전했다.

[노 매직(No Magic)]

고바넨은 피식 웃더니 다시금 마법을 시전했고, 그러자 이번엔 낙시아가 또다시 마법을 시전했다.

[노 매직(No Magic)]

그렇게 세 마법사들은 매 프레임마다 노 매직을 시전해 고바넨의 마법을 막았다.

그런 그의 모습을 본 알테시스는 운정을 향해서 다급하게 말했다.

"동굴까지 들어갈 수 없겠습니다. 노 매직 존을 연속으로 시전해서 어떻게든 시간을 끌어 보겠습니다."

"얼마나 가능합니까?"

알테시스는 빠르게 계산하며 중얼거렸다.

"중원엔 마나가 무한하다시피 해서 포커스만 소모되니, 꽤 끌 수 있습니다. 매 프레임마다 노 매직 존을 시전한다 가정하고 네 명이서 번갈아 사용한다면, 그래도 5분까지는 가능하지 않나 싶습니다."

"5분……."

그럴 수밖에 없는 것이, 고바넨 본인이 우선 그랜드위저드이며 번개를 일으킨 그녀 휘하 네크로멘시 학파 학생들도 있다. 그들 모두를 상대로 5분을 끈다는 건 애초에 중원이기 때문에 그나마 가능한 시간이다.

알테시스는 세 마법사들을 힐긋 보았다. 그들의 안색이 빠르게 어두워지고 있었다. 그가 운정에게 말했다.

"그럼 부탁드립니다. 노 매직 아래에선 패밀리어만이 자유로울 겁니다."

운정은 고개를 끄덕였다.

"알겠습니다. 최선을 다해 보겠습니다."

"그럼."

알테시스는 그렇게 말한 뒤에, 다른 마법사들과 함께 서서 눈을 감고 한 번씩 번갈아 가면서 노 매직 주문을 외웠다.

운정은 차분한 눈길로 고바넨을 보았다. 그녀 또한 지팡이를 든 채 끊임없이 뭐라 중얼거리고 있었는데, 그럴수록 그녀의 얼굴에 있는 짙은 웃음기는 오히려 깊어지고 있었다.

그런데 일순간, 그녀가 왼손 약지를 하나 들어서 운정을 향해 뻗었고, 그 약지에서 죽음이 운정을 향해서 날아왔다.

운정은 그 죽음에 직격당했다. 하지만 죽음은 운정의 생명을 거둘 수 없었는지, 그대로 떠나갔다.

운정이 눈을 반쯤 감으며 말했다.

"즉사 주문?"

그가 뒤를 돌아보니, 네 마법사는 여전히 필사적으로 노 매직 주문을 펼치고 있었다. 그런 그들을 보니 문득 로스부룩의 말이 생각이 났다.

모든 마법이 그렇듯, 핸즈프리즈에도 최소 영창 시간이 있습니다. 그것은 이론적으로 절대로 넘을 수 없는 것입니다. 하지만 마법사란 존재는 언제나 한계에 도전하게 마련. 더 세븐이 더 세븐인 이유는 각자 고유의 창의적인 방법을 통해서 최소 영창 시간보다 짧은 시간에 마법을 시전할 수 있기 때문입니다.

네 마법사가 모여 매 프레임마다 노 매직을 시전하면 어떠한 마법도 시전될 수 없는 것이 맞다. 그러나 문핑거즈로 인해서 최소 영창 시간보다 짧은 시간에 마법을 시전할 수 있는 고바넨은, 그 시간차를 모아 마법 하나를 프레임 사이에 끼어 넣은 것이다.

마법사들 간의 싸움은 상대적인 시간 안에서 이뤄진다. 때문에 서로의 관점에 의해서 사건의 전후가 다르며 이것이 합쳐질 때 하나의 프레임으로서 작용한다. 예를 들면 한 마법사가 즉사 주문을 먼저 시전했고, 적이 면역 주문을 나중에 시전했어도, 그 적의 입장에선 자신이 면역 주문을 먼저 시전했고 상대방이 즉사 주문을 나중에 시전한 걸로 시간 축을 옮기면 그만인 것이다.

이는 핸즈프리즈(Hands-Freeze)라는 시간 정지 마법과 각 주문에 있는 최소 영창 시간에 의한 현상으로, 한 마법사가 위저드급이 된다는 것은 바로 이 주문을 마스터한다는 뜻이기도 하다.

그런데 그 제약으로부터 일부라도 벗어나게 해 주는 문핑거즈(Moon Fingers)는 가히 더 세븐(The Seven)에 그 이름을 올릴 만하다.

운정은 '간간히 고바넨이 마법을 쓸 수 있다'는 정도로 빠른 결론을 내리고 그에 관한 생각을 접어야 했다.

왜냐하면 무허진선이 용의 형태를 띤 검강을 막 출수했기 때문이다.

크와와-!

용은 이 세상에 없을 울음소리를 내며 운정에게 날아왔다. 그 용은 입에 거대한 여의주를 물고 있었다.

뿐만 아니다.

그 용은 양옆으로 지네처럼 수십 개의 발이 나 있었는데, 그 모든 발에 동그란 여의주를 들고 있었다.

그 안에는 아무것도 보이지 않았다.

그가 아무리 안력을 돋워도 마찬가지였다.

그 안에 무엇이 있을까?

운정의 의식은 순식간에 단전으로 내려갔다. 그리고 그곳에 자리 잡은 실프와 노움에게 모든 힘을 약속받았다. 그들은 흔쾌히 허락했다.

이번에는 오른손과 왼손에 쥐고 있는 영령혈검에 머무르던 운디네와 살라만드라에게도 힘을 요구했다.

그들이 동시에 말했다.

[우리는 빚지지 않았으니, 대가를 줘요.]

[우리는 빚지지 않았으니, 대가를 줘요.]

운정이 물었다.

[어떤 대가?]

그들이 동시에 대답했다.

[당신의 실프와 노옴과 함께 놀 수 있기를.]

[당신의 실프와 노옴과 함께 놀 수 있기를.]

운정은 허락했다.

그리고 그가 눈을 떴다.

그의 앞에는 거대한 공간이 있었다.

기운도.

공기도.

그저 무(無) 그 자체로만 이루어진 구체였다.

용이 코앞까지 당도해, 물고 있던 여의주만이 그의 시야에 들어온 것이다.

운정은 그제야 왜 아무것도 볼 수 없었는지 알 것 같았다.

애초에 아무것도 없었으니까.

"태허(太虛)⋯⋯."

운정은 짤막한 한마디와 함께 오른손으로 든 영령혈검을 그 허무의 중심을 향해 찔러 넣었다.

쩌억-!

허무의 구체가 반으로 쪼개지면서 그 빈 공간을 주변의 공기가 채우기 시작했다.

하지만 그 빈 공간은 단순한 빈 공간이 아니다.

허무와 허무 사이에 생긴 빈 공간.

다시 말하면 빈 공간과 빈 공간 사이에 생긴 빈 공간이다.

물질로 채워질 수 있는 성질의 것이 아니다.

그것은 물질을 빨아들이지 않았다.

대신 물질과 물질 사이에 있는 것을 빨아들였다.

정확히 말하면 물질과 물질이 붙어 있는 그 힘을 빨아들였다.

그것이야말로 빈 공간과 빈 공간 사이에 비어 있는 것이 아니겠는가?

때문에 바람은 바람으로부터 분리되어 그 사이를 메꿨다. 흙 또한 흙으로부터 분리되어 그 사이를 메꿨다. 그뿐이랴, 풀은 풀에게서 공기는 공기에게서 바람은 바람에게서 분리되어 그 본질을 남겨 두고 빈 공간에 흡수되었다.

또한 용은 하나의 여의주만 입에 물고 있는 것이 아니었다. 양 옆으로 무수히 난 발 모두가 여의주를 들고 있었다.

그 모든 허무가 운정에게 겹겹이 덮쳐지면서 운정을 운정의 본질부터 벗겨 내 흡수하기 시작했다.

태허라.

그것은 허무 중 허무다.

허무조차 없는 것이야 말로 태허라 할 수 있었다.

운정은 태허의 중심 속에 놓이게 되었다.

고바녠은 입으론 끊임없이 주문을 외우면서 운정이 있던

곳을 바라보았다. 그녀의 주문은 계속해서 네 마법사에게 막혔지만, 그녀의 포커스는 그들을 압도하기에 주문을 외우는 중에도 다른 생각을 하는 게 어렵지 않았다.

운정이 있었던 곳은 이제 아무것도 없었다.

그도 그럴 것이, 무허진선의 심상이 덧씌워진 태허도룡검법(太虛屠龍劍法)의 검강은 태허 그 자체를 생성한다. 그 태허에 맞은 모든 것은 무로 돌아갈 뿐이다.

그녀는 조금 놀란 눈빛으로 자신의 앞에 서있던 무허진선을 바라보았다. 땅에 굳건히 서 있는 무허진선이 그토록 강한지는 그녀 본인도 가늠하지 못했다. 그녀는 그저 온 힘을 다해서 운정을 제거하라고 명령했을 뿐인데, 그녀도 전혀 이해할 수 없는 수법으로 운정을 일 검에 처리한 것이다.

혹시나 하고 다시금 운정이 있던 곳을 보았지만, 역시나 아무것도 보이지 않았다.

그녀는 더욱 짙은 미소를 그리며 네 마법사들을 살기 어린 눈빛으로 바라보았다.

프레임의 조각들을 조금만 더 모으면 마법을 하나 겹칠 수 있을 것이다. 그러면 그때 그들은 바로 죽음을 면키 어려울 것이다.

그녀는 계속해서 주문을 중얼거리며 즐겁게 상상했다.

무슨 마법으로 그들을 죽일 것인가?

오로지 문핑거즈로 가능한 마법만이 프레임의 조각이 남으니, 그것을 써야 한다.

왼손 엄지에 있는 마스터링(Mastering). 적절하지 않다.

왼손 검지에 있는 디컴포지션(Deposition). 그들을 조각조각 분리할 것이다.

왼손 중지에 있는 디어사이드(Deicide). 적절하지 않다.

왼손 약지에 있는 킬(Kill). 비명조차 지르지 못하고 죽는다.

왼손 소지에 있는 리플렉션(Refection). 적절하지 않다.

오른손 엄지에 있는 노 마나(No Mana). 적절하지 않다.

오른손 검지에 있는 노 매직(No Magic). 적절하지 않다.

오른손 중지에 있는 드레인(Drain). 그들의 스승인 멕튜어스처럼 죽을 것이다.

오른손 약지에 있는 리커버리(Recovery). 적절하지 않다.

오른손 소지에 있는 바인드(Bind). 평생을 노예처럼 부릴 수 있다.

그녀는 검은빛으로 빛나는 반지에 시선을 두었다.

마법사들 간의 싸움에선 후환을 남기지 않는 것이 최고다.

주문에 있는 작디작은 틈 하나로 한순간에 싸움의 결과가 뒤집히기 일쑤다.

즉사 주문으로 죽여도 영혼을 뽑아 고통을 주면 될 일.

그녀는 왼손 약지를 네 마법사를 향해서 뻗었다. 그 반지에선 일정 간격으로 검은빛이 나타났다 사라졌다. 그것은 그녀가 즉사 주문을 계속해서 시전하는데, 노 매직에 의해서 막히면서 일어나는 현상이었다.

하지만 문핑거즈는 최소 영창 시간보다 빠르게 주문을 읊을 수 있고, 네 마법사가 아무리 시간 축을 옮겨 계속해서 방어한다 할지라도, 그 시간차가 모여 또 다른 하나의 프레임이 형성되는 것을 막을 수는 없었다. 이는 고바넨만 하나의 프레임을 더 가지게 되는 것과 같기 때문이다.

그녀는 프레임의 조각들이 모두 모였다는 것을 느꼈다.

살기 어린 눈빛으로 네 마법사를 향해서 즉사 주문을 겹쳤다.

[파워-워드 킬(Power-word kill)].

검은빛이 반짝이는 그때.

운정이 있었던 그 허공에서 자욱한 수증기가 폭발하듯 뿜어졌다.

그것은 찰나 내에 고바넨과 네 마법사가 있는 그 언덕을 모조리 채울 뿐 아니라, 하늘까지도 구름 기둥을 만들어 냈다.

왼손 약지에 낀 반지에서 흘러나온 검은빛은 그 안개 속으로 사라져 버렸다.

고바넨은 잠시 마법의 시전을 멈췄다.

"뭐, 뭐지?"

심상치 않다는 것을 느낀 고바넨은 무허진선을 불러들였다. 그러자 무허진선은 빠르게 보법을 펼쳐 고바넨의 앞에 섰다.

하지만 고바녠은 그럼에도 불구하고 불안감을 느꼈다. 무허진선이 지키지 못하는 곳에서 언제라도 검 하나가 불쑥 튀어나올 것 같았다.

그녀는 이를 바득 갈며 한 가지 사실을 떠올렸다.

"그래, 맞아! 넌 즉사 주문에 면역이었어!"

그녀는 지팡이를 높이 들면서 비행 마법을 시전했다.

하지만 곧장 노 매직 주문에 의해서 마법이 시전되지 못했다.

네 마법사들도 여전히 살아 있는 것이다.

즉사 주문은 한번 시전되고 나면 절대로 방어할 수 없다.

왜냐하면 그 파워 워드 주문의 특성상, 방어되었다면 애초에 시전되지 않기 때문이다.

고바녠은 두 번째 즉사 주문까지도 운정이 받아 냈다는 것을 깨달았다.

그렇다면 이 자욱한 안개도 그가 만들어 낸 것일 것이다.

고바녠은 무허진선에게 딱 붙은 채로 그에게 명령했다.

패밀리어에 불과한 무허진선은 그녀의 명령이 그녀의 머릿속에서 언어화되기도 전에 따랐다.

그는 왼손으로 고바녠의 허리를 휘감았다.

그리고 그 상태로 땅을 굴러 하늘 높이 치솟아 올랐다.

몇 번이고 공중을 밟으면서 계속해서 올라가는 그는 그 안개 속에서 벗어날 수 있었다.

고바녠은 눈을 비비고 아래를 보았다.

아래는 일정 반경으로 안개가, 아니, 구름이 있었다.

그 구름이 형성한 반구체는 네크로멘시 학파들이 형성한 포위의 범위보다 더 넓어, 그들을 삼키고 있었다.

고바녠은 운정이 안개 속에서도 왜 그녀를 바로 공격하지 않았는지 알 수 있었다. 먼저 네크로멘시 학파의 마법사들을 처리하려는 것이 분명하다.

그녀가 큰 목소리로 말했다.

"모두 도망가! 당장 도망가라고!"

하지만 그녀의 목소리는 구름을 뚫고 들어가지 못했다.

그녀는 무허진선에게 명령했고, 무허진선은 곧 숨에 내력을 담아 사자후로 말했다.

"모오! 두우! 도오! 마앙! 가아!"

그의 말이 떨어지자, 대부분의 마법사들이 안개에서 빠져나오는 것이 보였다. 하지만 동쪽 부분에서는 한 명도 나오질 않았다.

적어도 다섯에서 열 명은 당한 것이다.

그녀는 이를 부득 갈더니, 무허진선에게 명령했다.

하지만 순간 망설였다.

무슨 명령을 해야 하지?

안개 속으로 들어가 운정을 상대하라고 해야 하나?

그러다 운정이 위로 튀어나와 날 노리면?

그럼 은닉 마법을 펼쳐 놓고 가라 할까?

노 매직 때문에 은닉 마법도 어려운데?

하지만 안개 속에서 운정을 찾을 수나 있을까?

찾는다 해도 운정이 상대해 주지 않고, 학생들만 집요하게 노리면?

그의 위치를 드러낼 방법이 없을까?

고바넨은 고심에 고심을 더한 끝에, 무허진선에게 명령을 내렸다.

무허진선은 그녀의 명령을 그대로 준수하여, 그녀의 몸을 머리 위로 들었다가, 하늘 위 일직선으로 던져 버렸다.

"당장 가. 당장!"

하늘로 빠르게 올라가는 고바넨을 완전히 외면한 채, 무허진선은 빠르게 안개 속으로 사라졌다.

위로 솟구치던 고바넨은 심장이 두근거리는 것을 느꼈다.

물론 죽은 그녀의 몸에서 실제로 심장이 두근거릴 리는 만무했다.

아마 영혼까지 떨리는 듯한 긴장감에서부터 비롯된 것이리라.

떨림은 중력에 의해서 속도가 느려지면 느려질수록 더욱 가중되었다.

곧 그녀의 몸은 한순간 공중에 멈췄다.

그리고 다시 추락하기 시작했다.

그녀는 지팡이를 두 손으로 붙잡았다.

그리고 연속적으로 비행 마법을 시전했다.

하지만 그녀가 시전하는 비행 마법은 계속해서 무효화되어졌다.

이제 그녀는 원래 무허진선이 그녀를 던졌던 곳을 지나 더더욱 땅으로 추락하고 있었다.

눈앞에 가까워지는 안개 구름이 주는 공포심에 그녀는 눈을 질끈 감았다.

그리고 역시 계속해서 비행 마법을 읊었다.

오로지 그것만이 그녀가 할 수 있는 유일한 것처럼 간절히 시전했다.

그렇게 그녀의 몸이 구름 안개 속으로 들어가기 일보 직전.

그녀의 바람대로 비행 마법이 시전되어 공중에 우뚝 섰다.

팟.

구름을 뚫고 무허진선이 그녀에게 다가왔다.

"후우. 후우. 후우."

호흡이 필요 없는 몸이지만, 그녀는 격하게 숨을 쉬었다.

너무나 오랜만에 느껴 보는 생명의 위협, 육신 가장 깊은 곳에 각인된 본능을 따른 것이다.

그녀는 안도의 미소를 지었다.

마법이 가능하다!

그녀는 지팡이를 살짝 들었다.

그러자 그 즉시, 안개를 이루던 모든 것이 물줄기로 변해 땅에 내렸다.

쏴아아.

갑작스러운 소나기는 언덕을 적셨고, 그 안에 있는 것을 훤히 보여 주었다.

언덕은 반이 잘려 있었다.

"응?"

고바녠이 영문을 몰라 눈을 살짝 모으는데, 무허진선의 몸에서 가공할 기운이 폭사되었다.

그는 고바녠의 발아래에 서서 검에 우유빛 내력을 집약시키고는 아래로 길게 뻗었다.

콰광-!

엄청난 충격파가 울리면서 무허진선의 몸이 위로 쭉 밀렸다. 마찬가지로 고바녠까지도 덩달아 위로 밀려났다.

언덕이 반이 잘린 것이 아니라, 그만큼 거대한 검강이 위로 날아오고 있었던 것이다.

검강은 운동량을 동반하기에, 그것을 온전히 받아 낸 무허진선과 고바녠은 끊임없이 하늘 위로 올라갔다. 아까 전 고바녠의 몸이 닿았던 최고점보다 두 배는 더 높은 높이까지 가서야 그들의 몸이 멈췄다.

땅의 지평선이 곡선으로 보일정도로 높은 고도.

옆을 보면 밤하늘에 수놓인 별들이 보였다.

고바넨은 등골이 찌릿하는 것을 느꼈다.

"마법을 시전하려 하거나 무허진선이 움직인다면 목을 베겠습니다."

그녀는 자신의 왼쪽 어깨에 살포시 얹어져 있는 것을 힐끗 보았다. 날카롭기 이를 데 없는 그 검붉은 검신은 그녀의 어깨를 한참 지나 앞으로 쭉 뻗어 있었다. 팔을 뻗는다고 할지라도 그 끝이 닿지 않을 것 같았다.

그녀가 눈을 돌려 무허진선을 보았다.

저 멀리 공중에 서 있는 그는 꽤나 거리가 있었다.

아무리 그가 빠르게 움직인다 할지라도, 그 전에 그녀의 목이 베일 것은 자명했다.

고바넨이 이를 부득 갈았다.

"왜지?"

"……."

"도대체 왜? 내가 패배한 것이지? 나는 문핑거즈도 있어. 그리고 트랜센던스도 부리고 있어. 게다가 내 학파의 학생들도 돕고 있었어. 그런데 대체 왜! 왜 내가 진 것이냐?"

운정은 단조로운 어조로 말했다.

"지팡이를 버리십시오, 그러면 대답해 드리겠습니다."

고바넨은 지팡이를 쥔 손을 부르르 떨었다. 그러더니, 곧 지팡이를 하늘에 던졌다. 그 지팡이는 땅으로 떨어지지 않았고, 조금 날아가더니 공중에 그대로 떠 있었다.

"버렸어. 그러니 말해 봐. 내가 왜 패배한 거지?"

운정이 말했다.

"자신의 안위를 걸고 네 마법사들을 먼저 처리하려고 하신 것은 잘 하셨습니다. 하마터면 제가 제 시간에 그들을 보호하지 못할 뻔했습니다."

"그렇게 말하는 걸 보니, 결국 그 마법사들도 죽지 않았나보군."

"무허진선께서 기척을 숨기고 그들에게 접근했더라면, 혹은 위에서 빠른 검기만 쏘았다면, 아마 제가 제 시간에 그들을 보호하지 못했을 겁니다. 하지만 그는 정직하게 내려와서 검을 휘둘렀습니다."

그 말에 고바넨은 속으로 탄식했다.

'공격해'라고 하기보단 '기습해'라고 했다면, 아마 이번 싸움의 승자는 그녀가 되었을 것이다. 네 명의 마법사들이 먼저 당했다면 운정이 그 거대한 검강을 만들 여유가 없었을 것이기 때문이다.

하지만 그것은 그녀도 어쩔 수 없는 것이다. 패밀리어는 마법사와 영혼이 연결되어 있어, 머릿속에 떠오르는 명령에 즉시 반응한다. 그러니 그녀 스스로가 무림인들 간의 전투에 익숙해서, 자연스럽게 기습해야 한다는 생각을 떠올리지 않는 이상, 무허진선은 자신의 기척을 숨기지 않는다.

고바넨은 고개를 숙였다.

"나의 패밀리어가 명령을 완수하기 전에, 어떻게 돌려보낸 것이지?"

"제가 무허진선을 막는 동안 그들은 공간이동으로 빠졌습니다. 그리고 그 즉시 저는 당신을 향해서 유풍검강을 쏘았고요. 무허진선은 사라진 네 마법사들을 처리하기보다는 당신을 보호하기 위해서 빠르게 올라온 것입니다. 패밀리어는 자기 마법사의 안위를 최우선으로 여기지 않습니까? 이를 이용해 본 것입니다."

고바넨은 더 말하지 않았다.

그저 두 손을 들어 자신의 손가락에 착용한 열 개의 반지를 살펴보았다.

문핑거즈.

포커스를 대신하며 최소 영창 시간을 줄여 주는 최고급 아티팩트.

이것은 네 명의 마법사가 노 매직을 연속적으로 외치면서 무용지물이 되었다. 그것을 뚫어 내며 두 번의 즉사 주문을 펼쳤지만, 이 또한 운정에게 막혔다. 진작 다른 마법을 시전했다면 손쉽게 이겼을 것이다.

그녀는 눈길을 돌려 무허진선을 보았다.

한 국가의 무력과 맞먹는다는 트랜센던스로 만든 패밀리어.

하지만 그가 가진 힘을 제대로 알지도 못했다. 이래라저래라 명령을 내리면, 그 압도적인 힘으로 완수하겠지만 동등한 상대를 향해서는 속수무책으로 당한다. 심계에서 완전히 밀리기 때문이다.

그녀는 조소를 머금고는 말했다.

"욘이 항상 내게 말했었지. 나는 전투에 재능이 없다고. 이처럼 많은 도구를 가졌으면서도 널 이기질 못하는 걸 보면 그 말을 인정하지 않을 수 없겠어. 태생적인 한계는 벗어날 수 없는 것인가."

문득 그녀의 축 처진 귀가 운정의 눈에 들어왔다.

길고 긴 그 귀는 언데드가 되었음에도 그대로였다.

운정이 나지막하게 물었다.

"엘프 일족에서 무슨 일을 맡으셨습니까?"

운정의 질문에 고바녠은 살짝 입을 벌리고 운정을 보았다.

그랬다가 곧 다시 입을 다물더니 하늘을 올려다보며 대답했다.

"그로우어(Grower). 어머니께서 맺은 열매를 관리해서 그 안의 페어리를 엘프로 성장시키는 일이지. 전투와 연관된 부분에서는 어떠한 영양분도 받지 않았어."

그녀의 목소리에는 울분이 담겨 있었다. 밤하늘을 보는 두 눈에는 허망함과 자기 자신을 향한 분노가 가득했다.

운정이 즉사 주문에 면역이라는 사실조차 망각하고 있었다니.

그녀는 스스로가 한심해서 도저히 눈을 더 뜨고 있었을 수 없었다.

"하지만 그 때문에 학파를 존속하고자 하는 의지를 쉽게 가졌을 겁니다."

"뭐?"

"그로우어로써의 재능 말입니다. 페어리를 양육하여 엘프로 키워 내기 위해 필요한 그 재능은 당신이 네크로멘시 학파를 키워 내는 데, 큰 도움이 되었을 것입니다."

그녀는 주먹을 꽉 쥐었다.

"키워 내면 뭐 하지? 얼마든지 이길 수 있는 적에게 이토록 허무하게 패배했는데?"

"당신이 가진 그로우어의 재능이 아니었다면, 애초에 이렇게까지 키워 내지도 못했을 겁니다. 욘에 의해 멸망에 치달아 그대로 사라졌을 겁니다."

"……."

고바넨은 입을 다물었다.

운정은 그녀의 목에서 검을 거뒀다. 그리고 공중을 걸어서 고바넨의 앞으로 왔다.

그는 그녀를 찬찬히 바라보더니, 무허진선을 향해 고갯짓을 하며 물었다.

"무허진선을 어떻게 한 것입니까?"

고바넨은 피식 웃더니 오른손 소지를 펼쳐 보였다. 회색빛 반지가 은은한 빛을 내었다.

"지배에 관련된 각종 마법과 이 반지의 힘까지 동원하여 연구한 결과다. 그럼에도 불구하고 지배하는 것은 거의 불가능에 가까웠지. 하지만 우연치 않게 곤륜파의 사상이 허무를 중심으로 되어 있다는 것을 알게 되었지. 그걸 이용하니 그 다음부터는 쉬웠어. 패밀리어가 된다는 건 어찌 보면, 자신에겐 허무한 것이니까."

"……."

이번엔 운정이 아무 말을 하지 않자, 고바넨이 그를 똑바로 노려보았다.

그리곤 말을 이었다.

"그래서? 이제 어떻게 할 생각이지? 나를 죽이고, 또 내 학파의 학생들을 죽일 셈인가?"

"아직 결정하지 못하겠습니다."

"그렇다면 나를 죽이되, 학파는 건들지 마라. 내가 명령한 일들이니 나로 다 끝내. 그러면 될 일이다."

"……."

운정은 그녀의 진심을 파악하기 위해서 그 눈동자를 자세히 들여다보았다.

고바녠은 조금도 흔들림 없이 다시 말했다.

"나는 학파를 존속시키고 싶을 따름이다."

운정은 그녀가 진실을 말하고 있다는 것을 인정하지 않을 수 없었다.

그가 말했다.

"네크로멘시 학파를 존속하고자 하는 건 저 또한 마찬가지입니다. 멕튜어스가 왜 제게 마법사들을 맡기셨는지 모르십니까?"

고바녠의 눈에 분노가 차올랐다.

"그의 생각은 잘못됐어! 첩자로 두었다면 계속해서 활용할 생각을 해야지! 그들을 빼내서 파인랜드로 데려간다? 그래서 뭐? 그대로 다른 어둠의 학파에 먹히게 두자는 건가? 여긴 마법사의 천국이야! 마나가 충만하지 않았다면, 애초에 이 싸움에서 그 네 명의 마법사들이 내 마법을 막을 수 있었겠느냐? 이토록 마나가 충만한 곳을 버리고 왜 돌아가겠다는 것이지! 그것도 나의 명령에 반하면서 말이야! 여기서 성장한다면 수십 명이 그랜드위저드가 될 수 있다. 그 이후에 가도 늦지 않아!"

"멕튜어스는 당신이 결국 룬과 같이 파멸의 길을 걸을 것이라 믿었습니다."

그녀의 목소리는 더욱 높아졌다.

"무슨 근거로! 네크로멘시 학파는 내가 마스터가 된 이후, 더욱더 강성해졌다! 무림인들로 만든 데스나이트(Death Knight)를 모든 학생들이 소유할 수 있게 되었어! 이 패밀리어는 지금껏 어떤 네크로멘서의 패밀리어보다 강력하기 짝이 없다! 중원의 힘을 그대로 가져다 쓸 수 있어! 무공을 대가 없이 배우는 것과 마찬가지다."

"만약 진짜 그랬다면, 제가 무허진선을 이리 쉽게 이길 수 없었을 겁니다."

"……."

고바넨은 또 다시 꿀 먹은 벙어리처럼 가만히 있었다.

운정이 나지막하게 말을 이었다.

"무림인에겐 수준이 다가 아닙니다. 싸움에는 경험과 심계도 중요합니다. 아무리 입신의 고수를 부린다 할지라도, 어린아이가 할 수 있는 생각만 한다면 절정에게도 패배할 겁니다."

"어, 어린아이……."

그녀의 얼굴에 짙은 패배감이 떠올랐다.

운정이 말했다.

"되돌릴 수 있습니까? 패밀리어로 만든 무림인들을?"

고바넨은 운정을 지그시 바라보다가 대답했다.

"거짓말을 해도 소용없겠지. 그건 불가능하다. 그들은 이미 죽은 것과 같아. 부활 마법을 시전한다 할지라도, 그것은 그저 부활을 흉내 낸 것이지. 네가 더 잘 알겠지만."

"그럼 당신은 당신이 무허진선을 죽인 것을 인정하시는 겁니까?"

"뭘 알고 싶은 것이지? 무슨 의도에서 그런 질문을 하는 것인가?"

"당신의 진의를 알려 하는 것뿐입니다."

고바넨은 눈을 잔뜩 찌푸렸다.

그런데 일순간 그녀의 표정이 조롱으로 바뀌었다.

"개소리. 날 죽이기 전에 죄책감을 가지지 않으려고 정당성을 찾으려는 게 아니고?"

"맞습니다."

"뭐?"

"당신의 말이 맞습니다. 전 정당성을 찾으려고 합니다. 당신을 죽이는 것이 옳은 것인지 아닌지 말입니다."

무표정한 얼굴로 아무런 감정 없이 하는 그 말이 어쩌나 두려운지, 고바넨은 자기도 모르게 숨을 들이마셨다.

그녀는 눈길을 땅으로 돌려 네크로멘시 학파의 마법사들을 바라보았다.

그들은 한쪽에 모여 있었는데, 그 중앙엔 예닐곱 명의 마법사들이 누워 있었고 몇몇 마법사들이 그들을 치료하는 듯했다.

또한 운정을 따르는 네 마법사들도 그들 옆에 있었는데, 그들끼리도 논쟁을 하고 있는 듯 보였다.

고바넨이 다시 고개를 들어 운정을 보았다.

"그래. 인정한다. 무허진선은 내가 죽였어."

"그렇군요."

운정의 말은 미묘했다.

실망감과 허무함이 반반 섞인 듯한 느낌.

그때 고바넨의 두 눈에서 연보랏빛이 번뜩였다.

실망과 허무 사이에 미세한 틈을 본 것이다.

그리고 그 사이에서 그녀는 살길을 찾았다.

그녀의 눈빛과 표정이 날카로워졌다.

그녀는 몰아치듯 물었다.

"그래서? 이제 뭐지? 날 죽일 셈인가? 처형 방법은? 혹은 죽이지 않고 가둘 텐가? 기간은 얼마나 되지? 어떤 환경에 가둘 것인가? 아니면 풀어 줄 것인가? 풀어 주되 자유를 제안할 것인가? 그 제한하는 방법은 어떻게 되나?"

"……"

그가 답하지 않자, 그녀가 계속해서 말을 이었다.

"그 전에 내 죄는 얼마나 무겁나? 살인죄와 동등한가? 그 시체까지 훼손하였으니 더욱더 중한 죄인가? 그 시체를 패밀리어로 삼은 것은 또 얼마나 큰 죄이지? 그리고 그동안 내가 저지른 죄악에 대해서는? 모두 심판할 것인가? 아니면 일부만? 내가 인정한다면, 인정했기에 내 죄악이 더 늘어나는 것인가? 아니면 인정했기에 죄악이 줄어드는 것인가? 네가 설립한 신무당파, 그곳에서는 어떤 규율이 있고 또 어떤 규정이 있나?"

운정이 나지막하게 대답했다.

"구체적으론 없습니다."

고바넨은 자신감이 가득한 목소리로 선언하듯 말했다.

"그럼 결국 네 손에 달려 있는 것이로군."

"……"

"네가 죽이면 난 죽어야 하고. 네가 가둔다면 난 가둬지고, 네가 풀어 주면 난 풀려나는 것이야. 마치 내가 무허진선에게 나를 보호하라 하면 나를 보호하고. 적을 공격해라 하면 적을 공격하고. 스스로의 생명을 포기하라 하면, 포기하는 것처럼. 아닌가?"

"……"

"왜 말이 없지? 날 죽일 만한 정당성을 찾지 못하겠나? 힘으로 나를 굴복시켜 놓고 네 마음대로 하려 하니, 양심에 걸리나? 무슨 기준으로 날 심판해야 할지 도저히 알지 못하겠는가?"

운정은 가만히 그녀를 보다가 말했다.

"그래서 사람은 법을 만드는 것이지요. 또한 그래서 사람은 전통을 따르는 것이지요. 개인의 생각을 기준으로 삼으면 그것은 독선과 구분될 수 없으니까."

고바넨의 눈빛은 차갑게 빛났다.

"하지만 그 법도 전통도 누군가에 의해서 만들어진 것이다. 나라가 세워졌을 때 또는 학교가 창립됐을 때, 그때 만들어진 것이다. 넌 무너진 무당 위에 새로운 무당파를 세운다고 했지. 그러니 네가 만드는 것이 법이 될 것이고 전통이 될 것이다. 그러니 정하거라. 날 어떻게 할지."

"……."

"하지만 이를 명심해라. 나 또한 너와 다르지 않다. 네크로멘시 학파는 그랜드마스터 미내로로 인해서 차원이동을 하게 되었고, 욘에 의해서 절벽까지 내몰렸어. 때문에 나는 이 네크로멘시 학파를 새롭게 세우려 했다. 무림인의 힘을 빌려 강성한 학파로 만들고자 했지. 사라져 없어져도 진작 없어졌을 네크로멘시 학파 위에 새로운 네크로멘시 학파를 세워 가고 있다. 그런 나를 네가 심판한다? 이것이 힘에 의한 심판이 아니라면 무엇이냐?"

"……."

고바넨은 격양된 목소리로 외치기 시작했다.

"네크로멘시 학파는 시체를 다룬다! 처음 설립되었을 때부터 그래 왔고, 지금도 그렇다! 더욱더 강한 시체를 만들고 그것을 패밀리어 삼아 부활 마법을 끊임없이 탐구하여 종국에는 죽음을 이기려 한다! 그것이 이 학파의 목적이자 이 학파의 사명이다. 이를 완수하기까지 우리가 멈추는 일은 없다! 그러니, 결정해라. 신무당파의 파운더(Founder)!"

운정은 고개를 내렸다. 네크로멘시 학파 학생들을 보았다.

그들은 모두 운정과 고바넨을 올려다보고 있었다. 아마도 고바넨의 외침이 그들에게까지 들린 모양이다.

그는 깊이를 알 수 없는 눈빛으로 그들을 내려다보며 조용히 읊조렸다.

"그것을 위해서 살인을 할 필요는 없습니다."

"뭐?"

"죽음을 완전히 이기는 것이 네크로멘시 학파의 사명이라 하셨지요. 그 자체에는 악이 없습니다. 하지만 이를 위해서 당신은 살인을 저질렀습니다. 죽음을 이기겠다는 그 사명을 위해서 타인의 생명을 존중치 않았고, 강성해지는 데만 집중하였습니다. 다시 말하자면, 네크로멘시 학파의 목적보다는 존속에 더 치중한 것이고, 이는 도덕적인 것을 떠나서 논리적으로도 모순입니다."

"목적을 이루기 위해선 먼저 생존해야 한다!"

"하지만 자신의 생존을 위해서 다른 생명을 취한다면 그것은 잘못된 것입니다."

고바넨은 냉소를 머금고는 양팔을 넓게 벌렸다.

하늘이 그녀의 양팔 위에 있었다.

땅이 그녀의 양팔 아래 있었다.

광활한 자연은 그녀의 편이다.

그녀가 읊조렸다.

"그것이 자연이다, 도사."

고요한 선포는 누구도 반대할 수 없는 절대적인 위엄을 내포했다.

하지만 운정의 마음은 조금도 움직이지 않았다.

그는 눈을 감으며 말했다.

"그렇다면 자연이 잘못되었습니다."

"뭐라?"

운정은 눈을 떴다.

그리고 황당한 표정을 짓고 있는 고바넨을 보며 다시금 힘주어 말했다.

"자연이 잘못되었다고 말했습니다."

"……."

"자연이 잘못된 것입니다."

고바녠은 자기도 모르게 중얼거렸다.

"정신이 나갔군."

운정은 영령혈검을 들었다.

그리고 그녀의 목을 향해 뻗었다.

"월지까지 빼십시오. 지팡이가 없어도, 월지로 마법을 쉽게 쓸 수 있다는 걸 압니다."

"……."

"여기서 당신을 죽이지 않겠다고 약조하겠습니다. 당신에 대한 처분은 앞으로 신무당파의 모범이 될 것이니, 결코 부당하게 하지 않을 것입니다. 그러니, 저를 믿고 반지들을 빼내십시오."

"여기서 죽이지 않겠다? 그러면? 나중에는? 나중에는 죽일 수 있다 이 말인가?"

"그것은 신무당파의 판결에 따라서 결정되어질 것입니다."

"그럼 나중에라도 죽이겠다는 뜻이로군."

"다시 말씀드리지만, 당신에 대한 처벌은 신무당파의 기틀이 됩니다. 절대로 부당하게 판결하지 않을 것입니다. 그러나 판결받는 것조차 거부한다면, 당신을 죽일 수밖에 없습니다."

"내 입장에서, 네 말을 어찌 믿을 수 있지? 무슨 근거로?"

"간단합니다. 지금 전 당신을 언제라도 죽일 수 있습니다. 제가 즉사 저주에도 면역인 것은 이미 아시리라 믿습니다. 그것이 두려워 당신을 죽이지 못하는 게 아닙니다. 지금 당신을 죽이지 않는 것은, 당신을 죽이는 일이 정당한지 홀로 결정하지 않으려 하기 때문입니다."

고바넨은 운정의 말을 듣지도 않으며 왼손 소지에 낀 반지를 만지작거렸다.

"즉사 저주조차 면역이라. 맞아, 그랬었지. 즉사 주문과 즉사 저주 모두 네게는 통하지 않았었지. 그 마법들은 모탈(Mortal)에게 죽음을 내리는 마법. 그렇다면 넌 모종의 이유로 임모탈(Immortal)이 되었다고 봐야겠군."

운정은 그녀의 마지막 말에 심상치 않은 느낌을 받았다.

그때 소지의 반지를 만지던 그녀의 손가락이 움직여 약지의 반지를 만지작거렸다. 그리고 또다시 슬쩍 옮겨져 중지의 반지를 만지기 시작했다.

그녀의 초초한 손길을 보던 운정은 문득 로스부룩이 문핑거즈에 속한 열 가지 마법들에 대해서 설명한 것이 기억이 났다.

소지는 착용자를 살해한 자를 역으로 죽이는 저주 마법.

약지는 필멸자를 살해하는 마법.

중지는 불멸자를 살해하는 마법.

불멸자(Immortal)?

운정이 영령혈검에 내력을 불어넣는 그 순간, 고바넨의 얼굴이 살벌하게 변하더니, 진득한 살기가 그 두 눈에서 뚝뚝 떨어졌다.

그녀의 왼손 중지에 낀 반지에서 진한 황색 빛이 한 줄기 뿜어져 나왔다. 동시에 영령혈검의 모습이 흐릿해졌다.

[파워-워드 디어사이드(Power word, deicide).]

주황빛이 운정의 미간에 닿는 동시에, 영령혈검이 고바넨의 미간을 뚫었다.

두 남녀의 고개가 동시에 뒤로 젖혀졌다.

그리고 그 둘의 거리가 공중에서 미끄러지듯 벌어졌다.

마치 누군가 그들의 머리를 뒤로 잡아당긴 것 같았다.

조금 밀려난 그들은 어느 정도 떨어져 우뚝 서더니, 똑같이 추락하기 시작했다.

[일어나세요!]

[일어나세요!]

실프와 노움은 필사적으로 운정의 정신을 일깨웠다.

그것을 위해 그가 가진 내력이 그 근원까지 동원되었다.

얼마나 떨어졌을까?

그가 가까스로 눈을 떴다.

휘이잉-!

귓가로 울리는 바람 소리는 매서웠다.

운정의 두 눈이 번쩍 뜨였고, 그는 곧 모든 내력을 운용하여 경공을 펼치려 했다. 하지만 그의 단전은 고갈되어 있어, 어떠한 힘도 생성하지 못했다.

실프와 노움을 불러도 묵묵부답이었다.

그가 가진 모든 힘이 모조리 사라져, 일순간 범인이 된 듯했다.

운정은 점차 가까워지는 바닥을 바라보면서 몸을 잔뜩 웅크렸다. 하지만 어떻게 자세를 잡아도, 이토록 빠른 속도로 바닥과 충돌하여 살아날 가능성은 전무하다는 것은 당연한 사실이었다.

설마 이렇게 죽는 건가?

30장.

10장.

7장.

5장.

4장.

3장.

3장.

3장 높이에서 그의 몸은 부유했다.

그러다가 곧 부드럽게 내려오기 시작했다.

그는 바닥에 다리를 놓았다.

살았다.

그가 옆을 보니, 알테시스와 세 마법사가 그를 이해할 수 없다는 눈길로 바라보고 있었다.

그중 알테시스가 지팡이를 내리며 그에게 말했다.

"혹 다른 뜻이 있었습니까? 방해했다면 미안합니다만, 아무리 봐도 그냥 추락하는 듯해서……."

운정은 나지막하게 말했다.

"가, 감사합니다. 덕분에… 살았습니다."

운정은 자신의 말이 왜 떨리는지 알 수 없었다.

알테시스는 그 말을 듣고 창백한 표정을 지었다.

"그, 그렇다면 설마 진짜로……."

운정은 고개를 숙여 영령혈검을 찾았다. 다행히 그의 옆 땅에 아무렇게나 박혀 있었다.

운정은 그것을 들었다.

그러자 그로부터 마기가 공급되는 것을 느꼈다.

그의 두 눈이 연보랏빛으로 빛나며 은은한 마기까지 내포했다.

그는 영령혈검을 든 채, 주변을 돌아봤다.

"……."

"……."

"……."

네크로멘시 학파 마법사 수십 명이 조용히 그를 바라보고 있었다. 그들의 중앙에는 고바넨이 미간에서 피를 흘리며 누워 있었고, 그녀 앞에는 무허진선이 고요히 서 있었다.

운정은 고바넨을 뚫어지게 바라보며 물었다.

"고바넨이 죽었을까요?"

뒤에 있던 알테시스가 나지막하게 대답했다.

"그녀는 뱀파이어 육신과 부활 마법의 가공된 영혼을 가지고 있습니다. 미간이 찔렸다고 해서 죽지 않습니다. 피를 먹이고 부활 마법을 시전하면 되살아날 것입니다."

무허진선은 아무런 명령을 받지 못했는지 가만히 서 있었지만, 그녀를 지켜 낼 것이라는 건 그 눈빛만 봐도 알 수 있었다.

운정은 영령혈검으로 들어오는 마기의 양을 가늠했다.

과연 이 정도로 저 마법사들과 무허진선을 뚫고 고바넨을 사로잡을 수 있을까?

"후… 어려울까?"

운정이 짧게 독백하자 알테시스가 조심스럽게 말을 이었다.

"저들 중에는 제가 키운 제자들도 있습니다. 저들과 의논한 결과, 각자 갈 길을 가는 것이 좋겠다 정했습니다. 우리가 먼저 저들을 공격하지 않는 이상, 그들은 저희를 공격하지 않을 것입니다."

운정은 깊은숨을 내쉬면서 마음에 가득 들어차는 마성을 짓눌렀다.

하지만 그럼에도 마기가 계속해서 차올랐다.

동시에 고바넨을 향한 살심이 점점 더 커져 갔다.

그녀를 사로잡는 것도 어렵지만, 한다 해도 마기에 취해 그냥 죽일 가능성이 크다.

그는 결국 마기의 근원인 영령혈검을 앞으로 던져 버리면서 네크로멘시 학파에게 말했다.

"떠나십시오. 막지 않겠습니다."

그들은 잠시 서로를 바라보다가, 그중 용기 있는 누군가 지팡이를 들었다.

그러자 그들 모두가 한 번에 공간이동하여 그 자리에서 완전히 사라졌다.

그것을 확인한 운정은 그 자리에서 기절했다.

*　　　　　*　　　　　*

운정은 힘겹게 눈을 떴다.

딱딱한 침상 위. 산 내음을 진하게 머금은 목침과 덮고 있는지도 잘 느껴지지 않는 비단 이불은 중원에서도 내로라하는 갑부가 아니고서야 쓸 수 없는 고가의 물건임이 틀림없었다.

"깨어나셨소?"

운정은 고개를 들어 한쪽을 보았다.

그곳엔 천마신교 교주 무공마제 혈적현이 다리를 꼬고 앉아 있었다. 한쪽 눈과 팔이 없었는데, 그를 대체하는 의수와 의안이 그의 앞에 있는 옥탁 위에 놓여 있었다.

묘한 기름 냄새가 방 안에 가득한 것을 보니, 기계 공학으로 만든 눈과 팔을 정비하는 듯했다. 하지만 운정의 방향에선 그의 얼굴이 보이지 않아, 그보다 더 자세한 건 보이지 않았다.

운정은 즉시 가부좌를 틀고 앉아, 우선적으로 몸의 내부를 관찰했다. 선기가 그의 단전에 머무르며 실프와 노음의 호흡이 되었다. 그 둘은 매우 지쳐 보였을 뿐 크게 위험해 보이진 않았다.

그가 눈을 뜨고 혈적현에게 물었다.

"어떻게 된 것입니까?"

혈적현은 날카롭게 생긴 도구에 기름칠을 하고는, 그것을 가지고 기계 눈을 만지작거리며 나지막하게 말했다.

"싸움이 있을 당시에, 나는 교주전에 있었소. 태극마선께서 구출하신 정채린과 그녀를 따라 온 청룡궁의 대사를 맞이하고 있었지. 그런데 그때 태학공자가 강력한 마법의 파동을 느껐소. 그리고 그 즉시 교주전을 떠났소. 얼마 후, 그가 당신과 네 마법사들을 데려왔소."

"그러고 보니, 마법사들은 어디 있습니까?"

"천마신교의 손님으로 잘 모시고 있소. 물론 조령령 소저까지도. 그러니 크게 심려치 마시오."

그는 날카로운 도구를 내려놓았다. 그러더니 이번에는 집게 같은 도구를 잡고는 다시금 그 기계 눈을 만졌다.

운정이 말했다.

"인질로 잡으신 겁니까?"

"인질?"

"조령령과 마법사들 말입니다."

혈적현의 손이 멈췄다.

그러다가 곧 다시 움직였다.

"왜 그렇게 생각하시는지 모르겠군. 본 교에서 그들의 신변을 보호하고 있는 것뿐이오. 지금 원한다면 언제라도 그들을 볼 수 있소."

"그럼 지금 만나 보겠습니다."

"그 전에 나와 나눌 대화가 있을 터. 주 부관의 말에 의하면 이번 임무 보상으로 고지회에서 탈퇴를 하시겠다고 들었는데, 그 이후에 무엇을 할지 알려 주실 수 있겠소?"

끼릭. 끼릭.

불쾌한 기계음이 연속적으로 들렸다.

운정은 그의 뒷모습을 가만히 보다가 말했다.

"탈교하고자 합니다."

"본 교에는 탈교가 없소. 한번 교인은 영원한 교인. 만약 탈교하고자 하면, 추살령이 떨어져 목숨을 보존할 수 없소."

"그렇다면 교주가 되면 되겠군요. 천마신교의 모든 일에 최종 결정권은 교주가 가지고 있으니."

그 광오한 말에도 혈적현은 아무런 반응을 보이지 않고 나지막하게 대답했다.

"아쉽지만, 교주 또한 탈교할 수 없소. 마찬가지로 교주가 누군가의 탈교를 허가하는 것도 불가하고."

"천마신교의 머리는 교주가 아닙니까? 교주가 허가하는데, 누가 뭐라 할 수 있겠습니까?"

"말했다시피, 본 교에는 탈교가 불가능한 것이 아니라 없는 거요. 다시 말하면 존재치 않는 것이지. 존재하지도 않는 것을 명령으로 내릴 수 있다는 말이오?"

"궤변이군요."

혈적현은 도구를 내려놓고는 고개를 젖히고 크게 웃었다.

"하하하. 무당의 도사에게서 그 말을 들을 줄은 몰랐소."

"……."

혈적현은 몸을 돌렸다.

곧 꼰 다리를 살짝 풀어 발을 무릎 위에 올려놓았다. 그 뒤엔 다른 쪽 무릎에 그의 하나밖에 없는 팔꿈치를 올렸다. 그리고 주먹을 쥐고 팔을 기둥 삼아, 그 주먹 위에 턱을 가져가 얹었다.

생동감이 넘치는 그의 한쪽 눈이 운정을 보았다.

그가 으르렁거리듯 말했다.

"운정, 내가 하는 말이 궤변이라 지껄였으니, 좋다. 앞으로 대화에선 서로 개소리하기 없기로 하고, 진심으로 대화해 보자. 어때?"

"……."

혈적현의 현 수준은 범인에 불과하다.

그가 자랑하는 기계 중 어느 것 하나 몸에 걸친 것이 없다.

내력도 거의 쓸모가 없을 정도로 미약하다.

그런데 그 기세는 입신에 올랐던 무허진선과 동등할 수준이다.

혈적현이 한쪽 입꼬리를 올리더니 운정의 양손을 흘긋 보았다.

"침상 아래에 있다. 네 태극혈검을 찾는 거라면."

그의 시선을 따라 운정도 자신의 손을 내려다보았다. 그리고 깨달았다. 그의 두 손이 그도 모르게 침상을 더듬으며 검을 찾고 있었다는 것을.

그는 손을 거두며 말했다.

"아닙니다."

혈적현은 눈을 반쯤 감으며 말했다.

"좋아. 이제 말해 봐. 네놈의 진심을 말이야. 왜 이제 와서 탈교를 하겠다고 지껄이는 거지? 본 교 내에서 개파해도 된다고 말했잖아? 내 말을 못 알아 처먹은 건가?"

혈적현은 인격이 변했다고 해도 좋을 만큼 달라졌다. 하지만 운정은 이 모습이야말로 혈적현의 진짜 모습임을 알 수 있었다.

예전에 머혼의 진심 어린 웃음을 보고서야, 그 전에 그가 지었던 웃음들이 모두 가짜라는 사실을 알게 되었다.

마찬가지로 거친 말투의 혈적현을 보고 있으니, 그전까지 그가 보여 주었던 여유로운 교주의 모습이 모두 가짜라는 걸 알게 되었다.

지금껏 그걸 몰랐다는 것이 이상하게 느껴질 정도로.

운정이 말했다.

"천마신교의 이름 아래, 신무당파를 개파할 수도 있겠다는 생각은 하긴 했습니다만. 최근에 그럴 수는 없겠다는 생각이 들었습니다."

"그러니까, 왜? 네놈에게 힘이 없는 것도 아니고. 태학공자의 말을 들어 보니, 입신에 올랐다고 들었다. 그러면 심검마선과 같아. 대장로로 그저 있어 주기만 하면 된다. 네게 아무도 뭐라 하지 않아. 명령하지도 못하지. 적어도 내가 교주로 있는 동안은 건들지 않는다. 그런데 왜 굳이 탈교를 하겠다는 것이냐?"

운정이 되물었다.

"그러는 무공마제께서는 왜 저를 마교 안에 두려 하십니까?"

"그걸 모르다니, 많이 컸다 했지만 아직 애새끼에 불과하군. 네가 본 교에 속했다는 것만으로도 본 교의 적에게 얼마나 큰 부담인지 모르겠냐? 심검마선의 부재가 외부에 알려지자마자 정세가 급변했어. 입신의 고수가 있고 없고는 그만큼 큰 것이다."

"……."

"방금 무림맹에서 서신이 왔다. 무림맹의 중추라고 알려진 곤륜파의 고수들이 모두 곤륜산으로 돌아간다고 했다. 청룡궁과의 싸움에 더 이상 관여하지 않겠다 했지. 그들이 없다면 낙양을 집어삼키는 건 일도 아니야. 하지만 그들은 그럼에도 불구하고 무림맹을 떠났어. 오늘 새벽에 한 놈도 빠짐없이 모조리!"

"……."

"그뿐인가? 무림맹에 부속한 것으로 알려져 있는 마법사 세

력들. 그들도 아예 안 보여. 하루아침에 모조리 사라진 것이다. 이 또한 분명 네놈이 한 짓이겠지. 아니냐?"

"……."

"아무리 아닌 척 연기해 봤자, 그 일에 네가 연관되어 있다는 것은 확실하다. 입을 다물고 아무 말 하지 않아 봤자, 이미 아는 사실이지. 네놈으로 인해서 무림맹은 이제 와해 직전이야. 난 이미 본 교의 고수들을 무림맹 쪽으로 파견했어. 구파일방의 껍데기밖에 없는 그들을 본 교에 부속시키는 것은 전혀 어렵지 않아."

"……."

"황궁은 어떠한가? 이미 이계와의 거래에 있어 우리가 우위를 점하고 있지. 대라이는 더 이상 황궁과 이야기조차 나누지 않고 있어. 그러니 그들조차 우리에게 밉보일 수는 없는 상황이지. 이계와의 거래를 통해서 반전을 꾀하려던 그들은 이제 우리의 눈치를 보고 있다. 그 증거로 오늘 밤에 황제가 날 찾아오기로 했다. 황제가 직접 움직이는 거야. 알겠어?"

"……."

"이 모든 것은 네놈이 한 일이다. 하지만 동시에 내가 유도한 일이기도 하다. 월려가 사라지고 나서 찾아온 위기를 네 등장으로 극복해 낸 결과이다. 이것을 전혀 모르겠는가?"

"모르겠습니다. 전 그저 제 일을 했을 따름입니다. 그 와중에 교주께서 큰 이익을 얻으셨다니 축하드리겠습니다. 그러나 그 모든 것은 저와 상관없는 일입니다."

혈적현은 참지 못하겠다는 듯 비릿하게 웃었다.

"큭. 크흐흐. 크하하. 크하하!"

건물이 떠나가도록 웃은 혈적현은 한순간 갑자기 웃음을 뚝 그쳤다.

그는 전보다 더욱 날카로워진 눈빛으로 운정을 바라보았다.

그러곤 나지막하게 말했다.

"본 교는 네놈을 봐줄 수 없다. 네놈이 본 교의 이름을 등에 업고 있다는 사실만으로도 본 교에서 얻는 이익이 지대하다. 적어도 월려가 돌아오기 전까지, 네놈의 탈교는 불가하다. 네놈이 탈교하는 순간 본 교는 네놈과 척을 질 것이며, 이는 네놈이 신무당파를 설립해 나가는 과정에서 크나큰 손실을 가져다줄 것이다."

"그러니까, 인질이 맡기는 하군요. 마법사들과 조령령이."

혈적현은 손에서 턱을 뗐다. 그러곤 손가락 하나를 뻗어 운정의 침상 아래를 가리켰다.

"말했다시피, 네 태극지혈은 침상 아래 있다. 그것을 들고 날 죽여. 그리고 이곳에서 나가 그들을 찾아 떠나라. 그것이 네가 탈교할 수 있는 유일한 방법이니까."

그 말이 끝나기 무섭게 운정은 양손을 옆으로 뻗었다.

그러자 침상 아래 있던 영령혈검이 저절로 들려서 그의 손에 잡혔다.

오른손으론 정향.

왼손으로는 역수.

오른손으로 든 영령혈검의 그 끝은 혈적현의 미간에 가까이 있었다.

그 모든 것을 지켜보던 혈적현의 표정에는 어떠한 변화도 없었다. 눈빛 또한 그대로였다. 마치 운정이 검으로 그를 노린다는 사실을 전혀 모르는 듯했다.

운정은 그를 지그시 바라보다가 물었다.

"무공도 기계 공학도 없는 것이 맞습니까? 그 외, 다른 것이 있으십니까?"

혈적현은 즉시 대답했다.

"없다. 아무것도. 지금 나는 이류 수준의 검격에도 단칼에 죽을 것이다."

"……."

"왜?"

운정은 눈길을 내리며 조용히 물었다.

"당신은 무엇을 믿습니까?"

"뭐?"

"무엇을 믿기에 그리 강할 수 있습니까? 자신을 지킬 수 있는 것 하나 없이."

"살다 보니, 입신의 고수에게 강하다는 말을 듣게 되었군."

운정은 영령혈검을 내리며 말했다.

"전 일생 동안 약했던 적이 거의 없습니다. 그리고 약할 때
는 두려웠습니다. 하지만 당신은 범인과도 같으면서도 입신의
문턱에 있는 제 앞에서도 당당하군요. 어떻게 그럴 수 있습니
까?"

혈적현은 다시금 주먹에 턱을 가져갔다.

"글쎄."

"……."

그가 다리를 완전히 풀며 말했다.

"아무튼 날 죽일 생각은 없는 것 같으니, 탈교는 못 하는 걸
로 하지! 대신 네놈의 자유를 보장하는 방향으로 일을 진행하
자. 내 생각에는 신무당파를 본 교 내에선 이계 지부라 명명
하기로 하고, 이계에서의 일을 모두 맡기는 게 좋겠어. 어차피
진마교인(眞魔敎人)들은 이계의 일에 관심이 없으니까, 이 일로
인해 들고일어나진 않을 거다. 아니, 오히려 백도 냄새가 나는
교인들을 전부 이계에 몰아 넣고 중원에는 오로지 정통 마인
만 남게 하겠다 하면 그쪽에서도 좋아할 거야."

"……."

"왜? 그래도 탈교 하고 싶으냐?"

운정은 고개를 저었다.

"아닙니다. 현묘한 답이 있으리라 생각했는데, 설마 제 질문을 글쎄라는 한마디로 끝내실 줄은 몰랐습니다."

혈적현은 코웃음 쳤다.

"내 근본은 흑도다. 너희 백도처럼 모르는 걸 아는 척하거나, 없는 걸 있는 척하지도 않아. 아무튼 내 말대로 하는 거다?"

운정은 살짝 미소 지으며 고개를 끄덕였다.

"예. 좋습니다."

"근데 그 알쏭달쏭한 미소는 뭐냐? 상당히 거슬리는군."

"아닙니다. 저도 제가 왜 탈교를 고집했을까 궁금증이 들어서 말입니다."

"그러니까. 나도 궁금하다. 왜 고집한 거냐?"

운정의 시선이 잠시 위로 향했다.

그러곤 내려왔다.

그가 툭하니 말했다.

"글쎄요."

第八十四章

한 시진이 넘도록 이계 지부에 관한 자세한 사항을 논한 운정은 혈적현의 처소에서 나왔다. 해가 막 떠오르는 것을 보니 묘시(卯時)인 듯싶었다.

그는 상당한 배고픔을 느꼈다. 사실 며칠 동안 밥 한 끼 제대로 먹지 못했다. 안양의 객잔에서 조령령과 함께 먹은 것이 가장 최근이다.

혈적현은 운정에게 낙양본부 안, 주인이 없는 별채 하나를 주었고, 거기에 그의 사람들이 머물게 했다. 그는 우선 네 마법사들과 조령령을 만나기 위해서 그 별채로 향했다. 같이 식

사라도 할 참이었다.

얼마 지나지 않아 운정이 그곳에 도착했다. 별채는 다 정리가 되지 않았는지, 꽤 많은 수의 시녀와 하인들이 곳곳을 청소와 수리 하고 있었다. 안채의 돌상이나 가구들 위에는 먼지를 막기 위해 씌운 천이 그대로 있었고, 창호지도 없는 문과 창이 다수였다.

시녀들과 하인들의 인사를 받으며 운정은 안채를 지나 집 안으로 들어갔다. 와자지껄한 소리가 들리는 것을 보니, 안쪽에서 누군가 식사를 하고 있는 듯했다.

"운정?"

"운 소협?"

주하와 조령령이 있었다. 그녀 사이에는 성인 남성 다섯이서 먹어도 모자랄 만큼 많은 종류의 음식이 펼쳐져 있었다. 조령령 옆에는 이미 빈 그릇으로 탑이 쌓여 있었고 입가에는 각종 양념과 기름기가 잔뜩 묻어 있었다.

운정이 방긋 웃음 지으며 옆자리에 앉았다.

"같이 식사해도 되겠습니까?"

조령령은 고개를 연신 끄덕이며 말했다.

"엄청 맛있어. 얼른 먹어. 하지만 내가 먹어 본 것만 먹어야 해. 첫술은 내가 뜰 거야."

"좋습니다."

주하는 손짓으로 한 시녀를 불렀고, 그 하녀는 눈치껏 젓가락과 빈 그릇을 가져왔다.

운정은 음식 하나를 먹으면서 조령령에게 물었다.

"마법사들은 어디 있습니까?"

조령령은 운정을 보지도 않고 입안에 음식물을 넣으며 말했다.

"제갈극, 그 친구랑 있을걸? 어젯밤에 보니까 서로 꽤 잘 맞던데. 일이 다 끝나면 이쪽으로 온다고 했는데, 아직까지 안 온 걸 보면 밤새 같이 있나 봐?"

"……."

주하는 말 없는 운정의 안색을 살피더니 말했다.

"별다른 일은 없을 겁니다. 마법에 대해서 토론하는 듯했으니. 아마 학구열 때문에 아직까지도 논하고 있는 것이겠지요."

"그렇다면 다행입니다. 별 탈이 없었으면 좋겠군요."

주하는 고개를 끄덕이더니, 태양을 올려다보고는 말했다.

"교주께 이야기를 들었습니다. 이번 교무회의(敎務回議)에 참석하신다고. 장로가 아니신데도 교무회의에 참석하시는 것을 보면, 이번 안건에 밀접한 연관이 있으신가 보군요."

"그렇습니다. 듣는 귀가 많으니 더 자세한 이야기는 못 하겠지만, 어차피 저와 함께 교무회의에 가시면 알게 될 것입니다. 제가 이곳에 온 것은 그저 조 소저와 마법사들이 잘 있는지 확인하려고 한 것입니다. 마법사들은 보지 못했지만, 주 소저께서 잘 있다 하시니 그렇게 믿겠습니다."

"예, 심려치 마십시오."

운정은 이후에 계속해서 식사를 했다.

조령령은 조금 아까운 표정을 지었지만, 별말을 하지 않고 계속해서 먹었다. 다만 전보다 조금 속도가 빨라진 것은 그녀도 어쩔 수 없었다.

그녀가 말했다.

"그나저나 왜 나보고 대사라고 한 거야? 전해 들은 건 별로 없다고. 근데 대사라고 소개받으니까 당황했잖아."

그 말에 주하가 동그랗게 눈을 뜨고 운정을 보았다.

운정은 황당한 표정을 짓고 있는 주하를 향해서 웃어 보이더니, 조령령에게 말했다.

"그럼 솔직하게 인질로 잡았다고 할 수는 없지 않겠습니까?"

"흐음."

"교주가 무엇을 물어봤습니까?"

조령령은 입술을 삐쭉였다.

"몰라. 이것저것 다 물어보기에, 난 잘 모르겠고. 그냥 황룡의 봉인만 풀어 달라고 했어. 그러면 청룡궁은 더 싸울 이유가 없다고 말이야. 그래서 더 자세한 이야기를 하려고 하는데, 그 제갈극? 그 아이가 갑자기 훌쩍 나가더라. 그러더니 기절한 너하고 마법사 네 명을 데리고 온 거야, 글쎄. 그래서 뭐, 갑자기 그 네 마법사들하고 대화를 시작하는데, 나는 그냥 그 대로 찬밥 신세 됐어."

"……."

"그러곤 이곳으로 오라고 해서, 여기 있었지. 네가 깨어나면 이쪽으로 보내겠다고 해서 그냥 있었어. 솔직히 오늘 정오까지도 안 왔으면, 나 혼자 도망갔을 거야, 진짜 불안했다고."

운정은 손을 들어서 그녀의 머리를 한 번 쓰다듬어 줬다.

"미안합니다. 앞으로는 항상 같이하겠습니다."

"응. 그래야지. 내 신변을 지켜 주기로 약속했잖아. 내 옆에 없으면서 어떻게 그럴 수 있겠어. 이젠 안 떨어질래."

"하하하. 예, 예."

운정은 이후로 즐겁게 식사를 마쳤다.

주하가 운정에게 말했다.

"슬슬 가야 합니다. 교무회의에 늦는 것은 중죄입니다."

"알겠습니다. 일단 조 소저도 함께 갔으면 합니다. 청룡궁의 대사로서 충분히 참석할 수 있는 자격이 있다고 생각됩니다."

"흐음. 알겠습니다. 일단 그렇게 하지요."

그렇게 주하와 운정 그리고 조령령이 그 별채에서 나왔는데, 대문 앞에서 편액을 짜고 있던 목수 하인 한 명이 문득 운정에게 물었다.

"혹 죄송합니다만, 이곳의 새로운 주인 되십니까?"

운정이 고개를 끄덕였다.

"예, 그렇습니다만."

그 하인은 운정의 존댓말에 당황한 표정을 지었다.

"아, 제게 존대하시지 않으셔도 됩니다."

"괜찮습니다. 말씀하시지요."

천마신교에는 괴팍한 마인들이 많고 또 특이한 성정을 지닌 자들도 많았다. 개중에는 하인은 물론이고 하늘과 땅에도 존대하며 대화하는 미친 마인들도 있었으니, 하인은 그냥 그런가 보다 하고 넘어갔다.

"편액을 달아야 하는데 그 별채의 이름을 아무도 모른다 해서, 어찌하나 고민하고 있었습니다. 혹시 이 별채의 주인이 되신다면 편액에 무슨 글자를 넣을지 알려 주셨으면 합니다."

운정은 슬그머니 손을 들어 턱에 가져갔는데, 손이 턱에 닿기도 전에 다시 내리며 말했다.

"낙선향(落仙鄕)."

"예?"

"낙선향이라고 적어 주십시오."

운정은 그렇게 말한 뒤, 주하와 조령령과 함께 길을 나섰다.

대전에 도착한 그들은 그 앞에서 완전히 무장해제를 한 뒤, 안으로 들어갔다.

웅장하고 거대한 천마신교 낙양본부 대전.

그곳의 중앙에 있는 절대지존좌(絶對至尊座)에는 아침에 보았던 혈적현이 앉아 있었다. 기계 공학으로 이루어진 그의 눈과 팔은 날이 갈수록 정교해져 이젠 육안으로는 그것이 기계임을 알 수 없을 지경이었다.

그리고 그의 앞에는 천마신교의 다섯 대장로 중 넷이 서 있었다. 각각 인사부, 정보부, 교육부, 감찰부의 수장으로 외총부 대장로인 심검마선을 제외한 네 명이었다.

후잔해, 사무조, 서가령, 흠진.

사무조를 제외한 그들은 천마신교 내에서 공증된 초마급 마인들로, 비공식적인 초마급 마인들을 제외하면 이들이야말로 천마신교 내에서 가장 강력한 자들이었다.

그리고 그들 뒤로는 일반 장로들이 서 있었다. 그들 중에는 마공을 익히지 않은 범인도 더러 섞여 있었다. 하지만 그 눈빛만큼은 강력한 마인 못지않았다.

또한 그들 중에는 제갈극도 있었는데, 그는 운정 쪽으로 눈길조차 주지 않고 있었다.

주하와 운정, 그리고 조령령은 천천히 그 중앙으로 걸어갔다.

가장 먼저 주하가 포권을 취하며 인사했다.

"외총부 부관 주하, 인사 올립니다. 오늘 안건을 위해서 고지회 회원 태극마선 운정을 데려왔습니다."

혈적현은 고개를 끄덕이더니 위엄 있는 목소리로 말했다.

"잘했다. 주 부관은 자기 자리로 가도록."

주하는 포권을 올려 보인 뒤에, 몸을 돌려 대장로들이 서 있는 앞으로 나와 그 가장자리에 섰다. 그녀는 현재 외총부 대장로의 부재로 인해서 임시로 그 자리를 맡고 있는 만큼, 대장로들 옆에 서도 문제가 없었다.

혈적현은 운정을 바라보며 말했다.

"태극마선, 보고 들은바 네 공이 참으로 크다. 이계와의 거래를 단순히 성사시켰을 뿐 아니라, 대라이와 황궁 간의 관계에도 영향을 미쳐 우리가 이계의 기술을 독점하다시피 하게 만들었지. 또한 귀환 이후, 청룡궁에도 잠입하여 고지회의 회주를 구출하고 또 청룡궁의 궁주와 직접 면담하여 대사를 파견하도록 함으로 대화의 장을 열게 하였다. 덕분에 당분간은 청룡궁과의 마찰이 없게 되었지."

그 둘 중 하나만 하여도 엄청난 공임이 틀림없었다. 때문에 그 둘을 모두 해낸 운정을 바라보는 모두의 눈길이 확연히 달라졌다. 이미 그 사실을 어렴풋이 알고 있었던 자들 또한 교무회의에서 교주가 직접 언급하며 그 공을 치하한다는 사실에 조금 놀란 기색이었다.

공을 쌓는 것과 그것을 인정받는 것은 또 다른 문제이기 때문이다.

운정은 포권을 취했다.

"맡은바 임무를 다했을 뿐입니다."

혈적현은 만족한 표정을 지으며 고개를 끄덕이더니, 절대지
존좌에서 일어나서 큰 소리로 외쳤다.

"하지만 그뿐만이 아니다! 내가 오늘 새벽, 갑작스럽게 천마
신교 낙양본부의 고수들을 차출하여 무림맹을 포위하라는 교
주명을 내렸을 때, 많은 이들이 의아해했다는 것을 잘 알고
있다. 청룡궁과의 전쟁 중에 있는 지금 이 시점에, 무림맹과
분쟁을 일으켜 좋을 것이 하나도 없다는 건 어린아이도 아는
일. 하지만 본 교의 마인들은 나 혈적현의 명령을 허투루 듣
지 않고 이해되지 않는다 하더라도 우선적으로 따랐다. 그대
들의 깊은 충심을 다시 한번 느꼈다!"

그 말에 교주전의 모든 장로들이 말없이 포권을 취했다.

혈적현은 자신의 가슴을 치며 다시금 크게 말하기 시작했다.

"하지만 그 명령에는 확실한 근거가 있었다. 다만 공개하기
가 이른 시점이라 말할 수 없었던 것뿐이다. 지금 그것을 이
야기해 주겠다. 어젯밤, 청룡궁에서 귀환한 태극마선은 무림
맹으로 홀로 가 곤륜파의 장문인이자 무림맹주인 무허진선과
일대일 격전을 벌였다."

그 말이 끝나기 무섭게 대전 안의 마기가 크게 일렁였다. 그
뿐만 아니라 놀란 표정으로 서로를 돌아보면서 웅성거렸다.

혈적현은 그들이 몇 마디 말을 나눌 수 있게 약간 기다려 준 뒤에, 다시 손을 앞으로 뻗으며 말했다.

"이는 명백한 사실! 서 장로님, 장로님께서 오늘 새벽 직접 고수들을 통솔하여 무림맹을 포위하셨을 때에, 무허진선을 보았습니까? 아니라면 혹 곤륜파 고수들은 본 일이 있습니까?"

서가령은 장로들을 한 번 훑어본 뒤에, 운정에게 시선을 두며 말했다.

"교주, 본녀는 곤륜파 고수는커녕 그 곤륜 특유의 기운조차 일말도 느끼지 못했다오."

천마신교 정통 마인 중 최고 어른인 서가령의 말의 무게는 교주의 그것과 비교할 만했다.

혈적현은 운정을 가리키며 말했다.

"이는 어젯밤 운정과 무허진선의 격전에서 무허진선이 다시는 회복할 수 없는 상처를 입었기 때문이다. 운정, 천마신교의 장로들 앞에서 오늘 새벽 내게 한 말을 그대로 해 보아라. 둘의 결과가 어떻게 되었나?"

질문과 답은 이미 정해져 있었다.

운정은 공손한 어투로 말했습니다.

"양패구상입니다."

"무허진선의 피해는 어느 정도 되는가?"

"오늘 아침 말씀드린 대로, 이젠 죽은 자와 다를 바 없게 되어, 다시는 원래 수준을 회복할 수 없을 것입니다."

혈적현은 이에 장로들을 돌아보며 다시 큰 소리로 외쳤다.

"운정은 본래 백도의 인물이라 겸손을 미덕으로 안다. 그가 양패구상이라고 말했지만, 지금 그가 이곳에 당당히 서 있는 것을 보아라. 양패구상이라 한 것도 그가 겸손하기에 그런 것이지, 실상은 운정이 승리했다 보는 것이 맞을 것이다."

운정은 조용히 눈을 아래로 둔 채 있었다.

장로들은 다시금 수군거렸고, 대장로들 또한 흔들리는 눈빛으로 운정을 보았다.

소란스러운 가운데, 혈적현은 절대지존좌에 앉으면서 나지막하게 말했다.

"그가 이 짧은 시간 내에 이룩한 세 개의 공은 사실 그 하나만으로도 대장로에 오르기에 충분한 것이지."

그 말이 끝나기 무섭게 대전이 일순간 조용해졌다.

마치 모두 한 번에 약속이라도 한 듯 말을 멈춘 것이다.

그 적막은 꽤 오랫동안 지속됐다.

숨을 쉬는 소리.

침을 삼키는 소리.

심지어 눈을 깜박이는 소리까지 들렸다.

혈적현은 무심한 눈길로 주하 쪽으로 손바닥을 내 보이며 말했다.

"나는 그를 외총부 대장로로 임명하려 한다. 이는 결정된 사항이 아니니, 반대하는 사람이 있다면 손을 들고 허심탄회하게 말해 보아라."

그 즉시 한 사람이 손을 들었다.

주하였다.

그녀는 평소와 다르게 감정이 묻어나는 소리로 크게 말했다.

"반대합니다. 외총부 대장로로 계신 심검마선의 생사가 불투명합니다. 아직 확인되지도 않았는데, 어떻게 다른 이를 외총부의 대장로로 임명할 수 있다는 말입니까?"

그 말이 끝나기 무섭게 수석 장로이자, 인사부 대장로이며, 천마오가 중 설무가의 가주인 진사마(眞邪魔) 후잔해도 말을 이었다.

"반대합니다. 그에게선 조금의 마기도 느낄 수 없습니다. 마공 하나 익히지 않은 자가 어찌 본 교의 대장로가 될 수 있겠습니까? 마와 전혀 연관이 없고 오히려 그에 반대되는 정공을 익힌 저자가 대장로가 되면 천하의 무림인들이 모두 비웃을 겁니다."

옆에 있던 정보부 대장로, 사무조가 공손히 말했다.

"반대합니다. 외총부의 일은 특히 현 상황에서 매우 중요합니다. 무공이 강하다고 할지라도, 그 일을 온전히 담당하기 위해선 화술과 심계에도 능해야 합니다. 본 교와 강호에서 수십 년을 살아남은 노마두들도 어려운 자리에 저토록 젊은 자가 외총부를 통솔한다는 것은 불가능합니다."

이번엔 교육부 대장로이며, 죽호가의 어머니라 불리는 태곡 도후(太曲刀后) 서가령이 나지막하게 말했다.

"나 또한 반대이오, 교주. 백도의 인물이 본 교에서 중요 요직을 맡는 것 자체를 내가 반대하는 것은 아니오. 그러나 그렇다고 해서 아무런 검증 없이 요직을 맡길 수는 없소. 그는 이제 입교한 지 1년도 채 되지 않았소. 조금 더 시간을 가지고 검증의 시간을 거친 뒤에 맡겨도 괜찮다 생각되오."

마지막으로 감찰부 대장로 홈진이 말했다.

"저 또한 반대입니다. 교주께서 장로직을 크게 변화시켜서 문인들에게도 힘을 실어 주셨지만, 본 교의 절대 법칙인 강자 지존을 간과하지 않기 위해서 장로 위에 대장로를 두셨습니다. 그리고 그 대장로의 자리는 본 교의 정통성에 맞게 힘이 없다면 올라갈 수 없는 자리입니다. 만약 교주께서 그를 대장로로 임명하시고자 한다면, 그가 스스로의 무위를 만천하에 드러내야 할 것입니다."

이처럼 네 장로와 장로 대리가 반대를 하니, 이는 천마신교 모든 부서가 반대하는 것과 같았다.

물론 교주의 명이 떨어진다면 반대 의견을 내는 것 자체가 항명이지만, 혈적현은 엄연히 결정 사항이 아니라 하였으니,

그들은 자신들의 의견을 거침없이 이야기한 것이다.

혈적현은 고개를 크게 끄덕이더니 운정을 보았다.

"태극마선, 가장 중요한 것은 태극마선의 의지겠지. 태극마선은 외총부의 대장로가 되고 싶은 마음이 있나? 물론 보다시피 다섯 부서가 모두 반대하고 있는 상황이기에, 내가 교주명으로 그대를 대장로로 임명한다 할지라도 그 길은 매우 험난할 것이다."

운정은 천천히 포권을 취해 보였다.

그리고 조용히 말했다.

"외총부 대장로. 하겠습니다."

그 말에 네 장로와 주하의 시선이 그에게 꽂혔다. 그들이 가진 마기가 운정에게 폭사되었는데, 운정은 마치 아무것도 느끼지 못하는 듯 덤덤하게 있었다.

혈적현이 광소했다.

"크하하! 크하하! 좋다, 좋아. 사내가 저런 배포가 있어야 하지. 하지만 나는 독단적으로 결정하는 것을 싫어한다. 애초에 이 장로회를 만든 이유도 다양한 의견을 듣고 참조하기 위함이다. 그러니 태극마선, 태극마선이 대장로가 되기 위해선 태극마선에게 반대하는 이들을, 이 다섯을 모두 설득해야 할 것이다."

운정은 포권을 내리더니 주하를 먼저 보았다.

"주 부관."

"말씀하십시오."

주하는 눈을 가늘게 뜨고 운정을 보았다. 아침에 보였던 호의는 완전히 사라져 있었고, 지금은 냉정함 그 하나밖에 남아 있지 않았다.

운정이 나지막하게 말했다.

"현 외총부 대장로이신 심검마선은 본 교에서 존경치 않는 마인이 없다 들었습니다. 한 사람은 하나도 극에 달하기 어려운 심공과 마공, 그리고 검공 이 셋의 극을 이루어 입신의 고수가 된 그는 전설에나 나오는 심검을 사용했다 하지요. 저 또한 그를 만나 뵌 적이 있는데, 그에게는 도저히 범접할 수 없는 위엄이 있었습니다."

주하는 그 말을 귓등으로도 안 듣고 자신의 할 말을 했다.

"지고전의 전주께서 마법사를 직접 심문하시고는 심검마선께서는 죽은 것이 아니라 엄연히 실종된 것이라 결론을 내렸습니다. 충분히 강하다면 얼마든지 돌아올 수 있다고 합니다. 그리고 심검마선의 무위를 놓고 볼 때, 그는 꼭 돌아올 겁니다."

단호한 그 말에는 은은한 그리움이 묻어 있었다. 평소 차갑기 그지없는 주하의 말이라 그런지 더더욱 감정이 묻어나 있었다.

제갈극은 고개를 몇 차례 끄덕이며 그녀의 말이 맞다는 것을 모두에게 보였다.

운정이 말했다.

"저 또한 천마신교의 어른이신 심검마선의 자리를 빼앗고 싶지 않습니다. 심검마선께서는 제가 큰 깨달음을 얻을 수 있도록 도와주셨기 때문입니다. 사람이 은혜를 모르면 짐승과 다를 바가 없다 하였습니다. 그렇기에 저 또한 심검마선과 대적하고자 하는 마음이 없습니다. 그러니 주 부관에게 약속드리겠습니다. 심검마선께서 돌아오신다면, 그날로 즉시 외총부 대장로의 자리를 내려놓겠습니다."

"……"

"다시 말하면, 전 그가 오기 전까지 잠시나마 대장로의 역할을 감당하는 것뿐입니다."

주하는 가만히 운정을 바라보았다.

사실 외총부는 현재 다른 부서로부터 많은 압박에 시달리고 있었다. 대장로가 없다 보니, 다른 부서에서 외총부를 서서히 경원시하고 있기 때문이다. 유치한 일이지만, 마인만큼 힘에 솔직한 자들이 없다. 그들이 겨우 극마급 마인이 수장 자리를 차지하고 있는 외총부의 눈치를 살필 리는 만무했다.

생각을 마친 주하가 혈적현을 향해서 포권을 취했다.

"태극마선의 말을 믿겠습니다. 외총부에선 그가 외총부의 대장로가 되는 것에 찬성하겠습니다."

혈적현은 고개를 끄덕였다.

"좋다. 계속하라, 태극마선."

그 말에 남은 네 장로의 두 눈에 마기가 감돌았다.

혈적현이 운정을 외총부 대장로에 앉히고 싶어 한다는 사실은 이제 어린아이라도 알 수 있다. 하지만 만약 방금과 같이 합리적인 협상이 가능하다면, 그 안에서 그들은 최대한 자신들의 입장을 대변할 생각을 한 것이다.

운정이 후잔해를 보았다.

"후 장로께서는 제가 대장로가 되는 걸 반대하시는 이유가 제가 마공을 익히지 않았기 때문입니까?"

후잔해는 고개를 끄덕이며 짧게 대답했다.

"그렇소."

운정은 손으로 혈적현을 가리키며 말했다.

"여기 계신 무공마제께서는 마공이 없이도 절대지존좌에 앉아 계십니다. 마공을 익히지 않은 사람이 교주도 될 수 있는데, 어찌 대장로는 될 수 없다 하십니까?"

후잔해는 그 말을 할 줄 알았다는 듯 즉시 대답했다.

"교주께서 마공을 모른다고 다들 알고 있지만, 교주는 엄연히 마공을 익히셨소. 다만 기계 공학이 주력일 뿐이오. 교주님, 교주님께서 직접 대답해 주셔서 오해가 없어졌으면 합니다. 교주께서는 마공을 익히셨습니까? 아니면, 익히지 않으셨습니까?"

혈적현은 팔짱을 끼면서 말했다.

"내 입문마공(入門魔功)은 주음포귀마공(主陰咆鬼魔功)이라 한다. 팔과 눈을 잃을 때에 단전 또한 크게 다쳐 현 상태에선 마공의 힘을 낼 순 없지만 본좌는 엄연히 마인이다."

후잔해는 그 대답을 통해 혈적현의 생각을 어느 정도 엿볼 수 있었다.

혈적현은 운정이 외총부 대장로가 되길 바라는 것은 사실이지만, 대장로들의 의견을 깡그리 무시하면서까지 강행할 정도의 의지는 없다는 것.

후잔해는 운정에게 다시금 시선을 옮기며 말했다.

"이처럼 교주 또한 마공을 익힌 마인이오. 그러니, 태극마선의 말은 맞지 않소."

운정은 자신감 있게 대답했다.

"좋습니다. 그러면 제가 마공을 보여 드리면 되겠습니까?"

후잔해는 눈을 게슴츠레 뜨곤 운정을 보았다.

하지만 아무리 보아도 손톱만큼의 마기조차 감지할 수 없었다.

때문에 그는 되물을 수밖에 없었다.

"마공을?"

운정은 고개를 끄덕였다.

"예, 마공을 보여 드리겠습니다. 제 본신 내력에 대해서 정확히 설명할 수는 없겠습니다만, 마기를 내포하고 있다는 것을 증명함으로써 마(魔)와 전혀 연관이 없는 정공만을 추구하는 사람이 아님을 명명백백하게 드러내겠습니다. 제 주력이 마공이 아니더라도, 교주처럼 마의 공부를 하였다면 절 인정하시리라 믿습니다."

후잔해는 운정을 노려보았다. 운정의 자신감 넘치는 표정이 거슬린 것이다. 혹시나 그가 얄팍한 수를 쓰지 않을까, 의심이 들기 시작했다.

하지만 곧 그는 자신의 생각을 접었다. 초마에 이른 그가 간파하지 못하는 술수라면 그것은 그것대로 마공이다. 그러니 그는 눈을 부릅뜨고 운정의 마를 확인하기로 마음먹었다.

그가 큰 소리로 말했다.

"좋소! 마기를 내보여 마공을 익히셨다는 것만 보여 주신다면, 인사부에선 더 말하지 않겠소."

운정은 혈적현을 향해서 포권을 취했다.

"잠시 제 무기를 가져와도 되겠습니까?"

혈적현은 고개를 끄덕였다.

"좋다."

운정은 양옆으로 손을 뻗었다. 그러자 저 멀리 무기고에 있

던 운정의 영령혈검이 둥실 떠오르더니, 그에게까지 쏜살같이
날아왔다.

어느새 나타난 검을 손에 잡은 운정은 눈을 살짝 감고 영
령혈검에서 느껴지는 엘리멘탈의 기운에 집중했다.

[운디네. 살라만드라.]

그 둘이 동시에 동조했다.

[네!]

[네!]

운정은 그들에게 부탁했다.

[너희들의 힘을 빌려줘.]

그들이 말했다.

[좋아요. 대신······.]

[좋아요. 대신······.]

이미 그들이 무슨 말을 할지 알았던 운정은 말을 잘랐다.

[응. 놀게 해 줄게.]

그 말이 끝나는 즉시 운정은 자신의 내력이 영령혈검으로
빨려 들어가는 것을 느꼈다.

운정이 눈을 떴다.

그리고 그는 정향과 역수로 잡은 두 영령혈검의 칼 머리가 닿
게 하면서 머리 위로 들어, 그 검 끝이 하늘과 땅을 닿게 했다.

그러자 위로 뻗어진 곳에서부터 불길이 치솟아 올랐고, 아

래로 뻗어진 곳에서부턴 얼음이 얼어붙기 시작했다.

불에 관련된 마공을 익힌 이들은 하나같이 불길을 보며 말했다.

"마, 마화(魔火)……."

얼음에 관련된 마공을 익힌 이들이 하나같이 얼음을 보며
말했다.

"마, 마빙(魔氷)."

마(魔)란 인간의 몸에서 정제된 기운이다. 인간의 광기를 기
운에 녹여 낸 것이라 할 수 있었다. 그것은 그 속에 담긴 광기
만 충분하다면, 무엇이든 될 수 있었다. 불에 미친 사람은 불
길을 만들어 내고, 얼음에 미친 사람은 얼음을 만들어 낸다.

그러니 마공은 백도에서 말하는 것처럼 하나의 무공계
열(武功系列)로 볼 수 없고 한 무공계(武功界)라고 봐야 한
다. 그 증거로 천마신교 내에 수없이 다양한 마공이 있지 않
은가?

운정이 손을 놓자, 영령혈검이 둥실 떠오르더니 그의 앞에
이(二) 자로 착지했다.

"……."

"……."

모두들 말이 없는데, 운정이 후잔해에게 말했다.

"제 속에 마공이 있음을 인정하십니까?"

운정이 보여 준 불과 얼음을 이뤘던 마기는 마공이 아니라

면 설명되지 않는다. 치졸한 술수로 모두를 속인다 해도, 이것은 이것대로 저것은 저것대로 마공이다.

후잔해는 안 내킨다는 표정을 지었지만, 인정하지 않을 수 없었다.

"저희 인사부에서는 그가 외총부 대장로가 되는 것을 받아들이겠습니다."

혈적현은 고개를 끄덕여 보였다.

운정은 이제 사무조를 보았다.

사무조는 운정이 뭐라 하기도 전에 방긋 웃더니 혈적현을 보며 말했다.

"태극마선과 저는 이계에서 많은 외교적인 일들을 해냈습니다. 방금 다시 그 일들을 생각해 보았는데, 태극마선의 도움이 없이는 불가능한 것들이 대부분이군요. 제가 그의 외교 수행 능력에 대해서 의심을 품었던 것은 그가 백도의 인물이라 단정했기에 그 편견으로부터 온 생각이 아닌가 합니다. 방금 보여 주었던 마인의 모습을 보고 나니, 그를 다시 생각하게 되더군요. 저희 정보부는 그가 새로운 대장로가 되는 데 찬성하겠습니다."

그 말에 후잔해와 흠진은 대놓고 코웃음을 쳤고, 서가령과 다른 장로들도 비웃음을 굳이 숨기지 않았다. 하지만 애초에 사무조가 그런 인물이라는 것을 다들 잘 알았기 때문에, 별다른 말을 하지 않았다. 또한 그는 적으로 두기엔 극도로 까다로운 인물이란 점도 있었다.

운정은 작은 미소로 화답했다.

"감사합니다."

혈적현은 손바닥을 하나 내보이면서 서가령에게 말했다.

"태곡도후께서는 어떻습니까? 마화와 마병을 일으키는 것을 보고도 여전히 회의감을 가지고 계십니까?"

서가령은 처진 눈을 들어 운정을 보았다.

그 날카로운 눈빛은 마치 머혼의 그것과 닮아 있었다.

그녀가 입을 열고 늙은 목소리로 천천히 말을 했다.

"본녀가 태극마선이 대장로가 되는 것에 대해서 반대한 이유는 마공과 하등 상관없소. 다만, 그의 충성심이 올바르게 섰는지 그것이 중요할 따름이오."

그 말에 운정이 대답하려 했으나, 이례적으로 혈적현이 먼저 끼어들었다.

"무림맹의 맹주와 격전을 벌이고, 곤륜파 고수들을 모두 곤륜산으로 돌려보낸 것을 보면 그가 백도나 무림맹에 충성한다고는 볼 수 없지 않습니까?"

서가령은 운정에게서 시선을 움직여 혈적현을 보았다.

그러곤 나지막하게 대답했다.

"교주, 백도에 충성하지 않는 것과 본 교에 충성하는 것과는 별개의 것이오. 백도에 충성하지 않는 것이 곧 본 교에 충성하는 것이라 결론을 지으면, 황궁의 황제도 본 교에 충성하고 있다 할 수 있겠소?"

"흐음. 맞는 말씀입니다. 하지만 그는 단순히 무림맹에게만 그리한 것이 아닙니다. 이계에서도 청룡궁에서도 본 교의 이익을 위해서 최선을 다했습니다. 그렇다면 이제 그의 충성심은 본 교를 향한다고 봐도 무방하지 않겠습니까?"

"말했다시피, 기간이 너무 짧소. 나는 이 모든 일에 혹시 모를 간계가 숨어 있을지 모른다는 의심을 지우기 어렵소."

운정이 말했다.

"그럼 그 의심을 지울 수 있도록 제가 무엇을 하면 되는지 말씀해 주십시오."

서가령은 다시금 천천히 시선을 옮겨 운정을 보았다.

그리고 나지막하게 말했다.

"오늘 새벽, 본녀가 직접 본부의 고수 대부분을 이끌고 무림맹을 포위했다. 그리고 안에 남아 있는 백도인들에게 항복하라 권유하며 여섯 시진을 주었지. 오늘 해가 떨어질 때쯤 되면 항복하는 자들과 항쟁하는 자들로 나뉠 것이다. 그때, 항쟁하는 자들을 운정 도사가 잘 처리한다면 본녀는 운정 도사를 믿을 수밖에 없겠지."

"……"

"어떠하나? 본 교의 이름 아래에서 어리석은 백도인들을 잘 처리할 수 있겠나? 만약 그것을 해낸다면, 본녀는 두말하지 않고 운정 도사를 대장로로 인정하지."

운정은 순간 갈등하지 않을 수 없었다.

오늘 아침, 혈적현과 거의 한 시진을 논하면서 교무회의에 나올 이야기들에 대해서 미리 다 방비책을 세워 두었었다. 한 사람, 한 사람 입에서 나올 말을 미리 예상하여 그 답을 찾아 두었는데, 심지어 가장 반발이 적을 사무조에 대한 답도 세 개나 되었다.

하지만 서가령은 깊은 연륜이 있는 만큼 그녀의 요구 조건 은 매우 까다로워서 혈적현도 운정도 예상치 못한 것이다. 충 성심에 대해서 이야기가 나오면 지금까지 운정이 행한 세 가 지 일을 언급하는 것으로 충분히 납득하리라 생각한 것이 오 산이었다.

운정은 빠르게 생각했다.

백도의 인물들을 처리한다?

이는 분명 천마신교에 투항하지 않을 경우 그들의 목숨을 취하는 일까지 포함되는 것일 것이다. 아니, 그 일이 가장 주 된 일일 것이다.

백도의 고수들은 뿌리 깊은 자존심이 있고 또 자신들의 명 예를 위해서 생명을 거는 것을 미덕으로 아는 자들이다. 아무도 보지 않을 때나 자기 문파 내의 더러운 일을 할 때는 흑도인과 다를 바 없을지라도, 행여나 다른 백도문파들이 지켜보고 있다면 체면을 위해서라도 생명을 내걸고 희생하는 것을 전혀 주저하지 않는다.

그러니 무림맹 안에 갇힌 무림맹의 백도고수들이 어떻게 나올지는 불 보듯 뻔했다. 항복하자는 이들은 애초에 자기들끼리 배신자라며 처단해 버릴 것이다. 그리고 남은 자들끼리 똘똘 뭉쳐서 결사 항전을 할 것이다.

또한 운정은 무당의 제자다. 무당은 구파일방 중에서도 가장 순수한 도교문파로, 정공 중 정공을 다루기 때문에, 아무리 악한 악인이라도 살생하는 데 크나큰 위험 요소가 있다. 많은 선행을 쌓아 올려도 악인 한 명을 처단하면 과율(過律)이 상쇄되기 일쑤다. 자칫 잘못하여 무고한 생명을 죽이면 그 즉시 낙선하여 절대 성장할 수 없게 된다.

따라서 그녀의 요구는 한마디로 정리할 수 있다.

무당의 도를 버려라.

서가령은 현묘하면서도 칼날 같은 눈빛으로 운정의 속을 들여다보고 있었다. 그녀는 오랜 세월 동안 백도인들과 많이 부딪치면서 그들의 속성을 잘 알았기에 운정의 갈증이 무엇으로 비롯되었는지도 정확하게 파악하고 있었다.

하지만 이것 말고도 또 다른 문제가 있다.

운정은 오늘 밤에 마법사들과 함께 파인랜드로 가기로 했다.

그러니 시간이 매우 촉박할 것이다.

운정은 나중에 생각하기로 하고 일단 대답했다.

"알겠습니다. 그 일의 책임자가 되게 해 주십시오."

담담한 말이었으나, 서가령은 그 속에 담긴 한줄기 불안감을 느꼈다.

그녀는 묘한 미소를 짓고는 말했다.

"좋다, 태극마선. 오늘 해가 떨어지면 함께 무림맹으로 가도록 하지."

"……."

운정이 아무 말 하지 않고 팔을 내렸다.

혈적현도 운정의 마음속에 이는 파문을 읽었는지, 그를 지그시 바라볼 뿐 더 말하지 않았다.

그때, 마지막 대장로였던 홈진이 말했다.

"저만 남았군요. 교주님, 제 요구는 간단합니다."

"무엇이오, 홈 장로?"

그는 하늘에 이르는 마기를 폭사시키며 그 모든 기운을 눈에 담아 운정을 쏘아봤다.

"그와 싸우게 해 주십시오. 그의 무위를 제가 직접 확인하고자 합니다."

"……."

"초마급이 되지 않는 이상, 절대로 대장로가 되어선 안 됩니다."

장로들 중에는 마공을 익히지 않았거나 주화입마로 인해서 마공을 잃어버린 사람도 있었다. 그들은 흠진의 몸에서부터 발산되는 마기에 도저히 저항하지 못하고 그 자리에 꿇어앉아 버렸다. 그뿐만 아니라 초마에 이르지 못한 모든 고수들의 안색이 검게 변하면서 각자 나름대로의 방법으로 그 마기에 대항했다.

하지만 그 마기의 폭풍을 그대로 받고 있는 운정은 표정 하나 변하지 않은 채로 나지막하게 말했다.

"좋습니다."

그 말에 혈적현의 눈이 번뜩 뜨였다.

흠진이 그런 요구를 할 것이라는 것은 둘의 논의할 때 이미 나왔던 것이다. 그리고 그에 관해서 그들이 준비한 대답은 바로 사무조를 걸고넘어지는 것이었다. 사무조는 대장로이지만, 그 마공 수위가 초마급에 이르지 못했기 때문에 그의 경우를 들어서 운정이 무위를 드러낼 필요는 없다고 몰아가는 것이다.

물론 그렇게 해도 반발이 있으리라 예상했다. 그럼 그 후에는 그가 무허진선을 물리친 것을 또한 근거 삼을 예정이었다. 그 말을 먼저 하는 것보다 사무조를 걸고넘어진 뒤에 하는 것이 좀 더 설득력이 있게 다가갈 것이라 혈적현은 생각했었다.

하지만 지금 운정은 독단적인 판단을 했다.

싸움을 받아 준 것이다.

혈적현은 모든 장로들이 자신을 바라보자, 빠르게 생각을 정리하고는 말했다.

"크흠. 큼. 좋소. 생사혈전을 하는 것이 원칙이기는 하나… 흐음. 그것은 태극마선이 흠 장로의 자리에 올라서려고 할 때나 그런 것이지, 심검마선의 자리를 얻기 위한 지금의 상황과는 맞지 않소. 지금은 둘 중 누가 더 고수인지를 가리려는 것이 아니라, 태극마선이 초마급임을 검증하는 것이기 때문이오."

그 말에 주하도 동의했다.

"본 교의 현 상황을 고려했을 때, 초마급 마인 한 명을 잃는 것이 크나큰 손해로 다가올 수 있습니다. 그런 의미에서 생사혈전은 저도 동의하지 않습니다."

하지만 후잔해가 주하에게 따지듯 말했다.

"그럼 우리가 무슨 백도인들처럼 무공 초식을 입 밖으로 외쳐가며 비무라도 해야 한다는 것이오? 두 마인이 싸운다면 당연히 생사혈전이어야 하오."

그 말에는 서가령도 동의하며 혈적현에게 말했다.

"본녀는 후 장로의 말에 동의하오. 비무를 통해서 초마급 마인인지 아닌지는 어떻게 가릴 수 있다는 말이시오? 마공은 정공처럼 그 수위를 똑 부러지게 알 수 없는 것이오. 내력이 심후하면 더 수준이 높다 하겠소? 아니면 초식이 더 현묘해야 수준이 높다 하겠소? 애초에 그런 차이를 극복하기 위해서 만들어진 것이 마공 아니오? 마공에서 위아래는 오로지 승패로만 따질 수 있는 것이니, 누가 초마급인지 알기 위해서는 같은 초마급을 이기거나 비겨야 알 수 있는 것이오. 서로의 생명을 걸고."

그 말에는 장로들 대부분이 동의하는 듯했다.

혈적현이 뭐라 하려는데, 운정이 포권을 취했다.

"좋습니다, 생사혈전. 증명해 보이도록 하겠습니다, 교주님. 그러니 허가해 주십시오."

"태극마선."

"오늘 천마신교가 초마급 마인 하나를 잃어버리는 일은 없을 테니 심려치 마십시오."

그 말에 흠진은 더 이상 참지 못했다.

쿵.

그는 바닥이 깨어지도록 구른 뒤에, 운정에게 천천히 걸어갔다.

저벅. 저벅. 저벅.

그의 몸에서 발산되는 마기가 대전을 가득 메우고 진득해졌다.

흠진은 운정의 코앞에 서더니 말했다.

"따라 나와라. 대전을 네놈의 피로 더럽히고 싶지 않다."

운정은 고개를 돌려 그를 정면으로 바라보더니 말했다.

"교주께서 허가해 주시면 바로 같이 나가도록 하지요."

그 둘은 동시에 혈적현을 보았다.

혈적현은 그 둘을, 특히 운정을 바라보다가 말했다.

"좋다. 교무회의는 그대들의 싸움이 끝나는 때까지 유보하도록 하지. 다만 다른 사안들 또한 논해야 하니, 일각 안에 결판을 내지 못하면 비기는 것으로 치겠다."

흠진은 포권을 올리며 말했다.

"존명."

저벅. 저벅. 저벅.

그는 그 즉시 대전을 나갔다.

그의 뒷모습을 지켜보던 운정 또한 혈적현을 향해서 포권을 취하며 말했다.

"존명."

그는 가벼운 발걸음으로 대전 밖으로 나갔다.

장로들은 서로 수군거리더니 모두 자리에서 벗어나 그들을 따라 나갔다. 초마급 마인의 싸움은 거금을 주고도 볼 수 없는 구경거리였기 때문이다.

주하는 다른 이유에서 그들을 따라갔고, 사무조조차 싸움이 궁금하여 나갔다.

어느 정도 시간이 지나자, 그 자리를 그대로 고수하고 있는 사람은 혈적현과 서가령, 그리고 후잔해뿐이었다.

쫘르릉!

쿵! 쾅!

천둥 번개 같은 굉음이 대전 밖에서 연속적으로 울렸다. 하지만 대전 안에 있는 세 사람은 미동조차 하지 않고 그대로 서 있었다. 밖과는 다르게 숨 막힐 듯한 침묵이 대전 안을 가득 메웠다.

챙! 쿵!

"크아악!"

굉음 중 사람의 소리가 처음으로 섞였다. 세 사람은 대번에 그것이 흠진의 것임을 알았다.

그러자 후잔해가 침묵을 깨고 혈적현에게 말했다.

"교주께서 신중히 고심하여 선택한 결과라 생각합니다."

한마디의 문장이었지만, 그 안에 내포하고 있는 의미는 매우 많았다.

혈적현은 고개를 끄덕이더니 말했다.

"걱정 마시오. 다른 안건들까지 더 들어 보시면, 후 장로도 만족할 것이오."

"믿겠습니다."

후잔해는 그 말을 끝으로 눈을 감아 버렸다.

혈적현은 슬쩍 서가령을 보았는데, 그녀는 후잔해가 한 말이 무슨 의미인가 파악하려고 애를 쓰는 듯했다.

"태곡도후께서는 어떠십니까?"

그 질문을 듣자 서가령의 표정이 일순간 무관심하게 변했다.

"충심만 있다면 상관없소."

"충심이 없다면 어떻습니까?"

"그렇다면 천마신교의 중요직을 꿰차고 있을 순 없지. 힘과 공으로 증명해 봤자, 결국 충성심이 먼저인 것이오. 강자지존이니 뭐니 해도 반골 성향의 마인들로 구성된 본 교가 천 년 동안 유지될 수 있었던 것은 전부 교주를 향한 맹목적인 그 충성. 그것 하나 때문이지."

"……"

"하지만 마단이 없는 이상, 교주를 향한 맹목적인 충성의 명분도 같이 사라진 것이오. 전에는 오로지 교주만이 마인을 만들 수 있어, 모든 마인은 교주에게 은혜를 받았기에 그 충성이 유지되었지. 그것이 아니라면 무엇 때문에 교주에게 충성해야 하는 것이오? 안 그렇소?"

묘하디 묘한 화제의 전환.

혈적현은 잠시 대전의 문을 보았다. 그들 외에 다른 사람이 없음을 확인한 그는 작은 목소리로 말했다.

"마지막 단계에 있습니다. 이계를 통해서 검증이 완료된다면, 그때부터 본 교에 적극적으로 도입할 것입니다."

서가령은 힘없는 목소리로 말했다.

"내 살아생전에 그 일이 있었으면 하는군. 이대로는 본 교의 미래가 불안해서 잠을 잘 수가 없어. 내 증손자들 중에 역혈지체를 이룩하지 못한 애가 둘이나 되오. 다른 천마오가의 사정도 마찬가지겠지. 다른 가문에 남아 있던 마단들 모두 슬슬 동이 날 때가 되었소. 이제는 진짜 서둘러야 할 것이오, 교주."

혈적현은 고개를 끄덕였으나, 그의 얼굴에는 근심의 빛이 서려 있었다.

그런데 그때 갑자기 대문의 문이 활짝 열렸다.

덜컹-!

가장 먼저 안으로 들어온 것은 운정이었다.

그는 나갔던 그 모습 그대로였다.

그리고 그 뒤로 장로들이 하나둘씩 되돌아와서 자기 자리를 찾았다.

딱 한 명만이 돌아오지 않았는데, 바로 흠진이었다.

혈적현이 물었다.

"흠 장로는?"

운정이 포권을 취하며 공손히 말했다.

"패배를 인정하고는 잠시 휴식을 취하겠다 해서 그 자리에서 가부좌를 틀고 운기행공 중입니다. 이후 있을 교무회의는 부득이하게 참석할 수 없게 되었다고 전해 달라 하였습니다."

혈적현은 자리에서 일어나서 양손을 높게 펼치면서 말했다.

"그렇군. 그럼 지금 이 시간 이후로, 태극마선 운정을 외총부 대장로로 임명하겠다."

모든 장로들이 모두 다 같이 포권을 취하고는 한목소리로 말했다.

"존명!"

대전이 흔들릴 정도로 큰 대답 소리에 혈적현은 흡족하다는 듯 고개를 끄덕였다.

그는 다시 자리에 앉고는 말했다.

"그럼 다음 안건에 대해서 이야기하지. 청룡궁의 대사, 앞으로 나오시오."

조령령은 불안한 눈길을 하더니 운정의 옆으로 왔다. 그러고는 운정에게 귓속말을 했다.

"나 대신 잘 좀 말해 줘."

운정은 포근한 미소를 짓더니 말했다.

"알겠습니다."

그 이후로도 다른 많은 안건들이 쏟아져 나왔다.

*　　　　*　　　　*

교무회의는 이후로도 두 시진이나 계속됐다.

무림맹과 청룡궁과 혈교까지도 줄줄이 안건이 나왔고, 마지막 안건으로는 이계 지부에 관한 것이 나왔다. 운정이 이계에 천마신교에 속한 문파를 만들고 그곳에서 활동을 활발히 한다는 내용이었다.

이에 운정이 외총부 대장로가 된다는 사실을 탐탁지 못하게 여겼던 이들까지도 적극 찬성하였다. 만약 운정이 이계에 머무르며 그곳의 일을 중점적으로 감당한다면, 그가 가진 대장로의 신분은 허울에 지나지 않게 되기 때문이다.

회의는 순조롭게 진행되어서, 운정이 그 이계 지부에 관한 전권을 갖는 것으로 마무리되었다. 대부분의 마인들은 이계를 변방쯤으로 보았기 때문에 이를 크게 반대하는 사람이 없었다. 그것이 얼마나 큰 권한인지는 이계에 대해 정확한 사실을 알고 있는 사무조만이 제대로 파악할 수 있었다.

그는 침묵을 지켰다.

대전회의가 끝난 후, 운정은 곧장 지고전(知高殿)으로 향했다. 그가 데려온 마법사들을 보기 위함이었다.

조령령은 떨어지지 않겠다며 떼를 썼지만, 반 시진 내로 돌아가겠다는 약조를 하고 낙선향으로 보냈다.

그 안에 들어서자, 그의 얼굴을 알아본 모호가 다가왔다.

제갈극의 패밀리어이지만, 중원의 시비 복장을 하고 있으니 인간과 다를 바 없어 보였다.

그러나 운정은 그것이 환술에 지나지 않다는 것을 잘 알고 있었다. 그는 그녀의 본모습까지 뚫어볼 정도의 마법적인 능력이 없었지만, 눈짓 몸짓 하나에서 느껴지는 묘한 부자연스러움을 느낄 순 있었다.

그녀가 말했다.

"주인님께 초청되지 않았다면, 들어오실 수 없습니다."

운정은 서늘한 표정으로 말했다.

"마법사들의 신변은 내 책임입니다. 그들의 신변을 확인할 터이니, 나를 막는다면 태학공자가 그들을 해하였다 간주할 것입니다."

"……."

운정은 짧게 포권을 취한 뒤 실험실로 갔다. 모호는 가만히 그의 뒷모습을 볼 뿐, 그를 저지하지 않았다.

그는 지하 계단을 걸어 내려가면서 그곳에서의 기억들을 떠올렸다. 고바넨을 처음 만난 일. 소청아에게 마법을 건 일. 로스부룩과 함께 공간이동을 한 일 등등. 하나같이 안 좋은 기억뿐이었다. 무당산이라는 터전을 잃어버리고 방황하던 시기에, 치기 어린 애처럼 굴었던 그의 행동들과 어리석기 짝이 없었던 판단들이 그를 부끄럽게 만들었다.

하지만 이젠 그때의 운정이 아니다.

운정은 치미는 수치심을 몰아내며, 자신감을 되찾았다.

덜컹.

연구실의 문이 열리자, 그 안에서 주문을 외고 있는 네 명의 마법사가 보였다. 알테시스, 낙시아, 라파톤, 우닉스. 멕튜어스가 파인랜드에 남긴 네크로멘시 학파의 중요 인물들은 동서남북으로 서서 중심을 향해 지팡이를 뻗고 주문을 외웠다.

그 중심에는 정채린이 있었다. 그녀는 눈을 감은 채로 가만히 서 있었는데, 그녀의 전신에서 검은 기운이 흘러나와 네 지팡이로 흘러 들어갔다.

한쪽에는 태학공자 제갈극과 소타선생 지화추가 있었다. 제갈극은 뒷짐을 지고 서 있었고, 지화추는 한 나무 의자에 앉아 지팡이에 양손을 얹고 그 위에 턱을 받치고 있었다.

그들은 갑작스레 등장한 운정을 보더니 눈초리를 모았다.

제갈극이 소리쳤다.

"운정 도사! 왜 지고전에 난입한 것이더냐!"

운정은 눈앞의 상황을 순간적으로 이해하지 못해 가만히 있다가 곧 제갈극 쪽을 바라보며 말했다.

"기별도 없이 들어온 것은 죄송합니다. 네 마법사의 신변이 걱정되어 찾아온 것입니다. 그런데 이것이 무슨 일입니까? 정채린 소저는 왜 이곳에……."

제갈극은 얼굴을 일그러뜨리더니, 운정에게 걸어왔다. 그리고 그의 가슴을 손가락으로 밀며 말을 이었다.

　"아주 제집처럼 드나드는구나! 좋다. 네 말대로 신변을 확인했으니 이제 당장 나가거라! 지고전에서!"

　그러나 운정의 몸은 그의 손가락질에 조금도 밀리지 않았다.

　그는 정채린과 마법사들에게 시선을 고정한 뒤 말했다.

　"지금 무엇을 하는 것입니까?"

　제갈극은 한쪽 입꼬리를 올리더니 말했다.

　"그건 네가 알 바가 아니니라!"

　그때까지 그 대화를 지켜보던 지자추가 자리에서 일어났다.

　"태극마선, 잠시 나가서 나와 대화하자."

　운정은 그를 보며 말했다.

　"어르신께서 이곳에 있는 걸 보니, 화산과 관계된 일이로군요."

　지자추는 고개를 끄덕였다.

　"저들의 안전은 내가 보장하겠다. 마법사들의 신변에 위험이 닥칠 일은 없을 거야. 또한 이 연구실의 주인인 태학공자가 나가라는데, 타인인 자네가 이곳에 계속 있겠다고 억지를 부릴 수는 없는 일일세."

　운정은 제갈극과 지자추를 번갈아 보더니 말했다.

"알겠습니다. 하지만 저 마법사들의 신변은 제 책임이니, 이 일에 대해서도 소상히 알아야겠습니다."

운정은 그길로 몸을 돌려 연구실 밖으로 나갔다.

제갈극과 눈이 마주친 지자추는 천천히 걸어 나가며 제갈극에게 나지막하게 말했다.

"알아서 할 테니 큰 걱정 말라. 어차피 내가 더 봐줄 일도 없지 않은가?"

그 말에 제갈극이 팔짱을 끼며 말했다.

"그것은 모르는 것이니라. 정채린의 상태는 너무도 복합적이니라. 만약의 사태에 대비해서 화산과 내공과 의술에 관련하여 전문적인 지식이 필요할 수도 있느니라."

지자추는 아련한 눈길로 정채린을 보다가 곧 고개를 저었다.

"지금껏 순탄하게 이어졌으니, 더 위험한 일이 있겠나? 노부는 이 일이 잘 돌아가고 있다는 것을 보았으니, 이만 되었다."

덜컹.

지자추가 연구실에서 나오자 밖에서 그를 기다리던 운정이 그에게 물었다.

"무슨 일이 있는 것입니까?"

지자추는 손바닥으로 계단 위를 향하며 말했다.

"일단 걸을까? 원로원에서 너를 보고 싶어 하는 사람도 있고 해서 어차피 널 부르려 했다. 나도 이야기를 나누고 싶었고."

"반 시진 내에 돌아가야 합니다."

"그럼 서둘러 걸어야겠군."

지자추의 얼굴은 단호했다.

운정은 그를 빤히 쳐다보다가, 곧 먼저 걸음을 옮기기 시작했다.

계단을 빠져나가고, 지고전에서도 나간 그들은 천마신교 낙양본부 내를 걸었다.

지금까지 아무 말 하지 않던 지자추가 말을 시작했다. 생각을 다 정리한 듯싶었다.

"오늘 새벽에 태학공자에게서 연락이 왔다. 네크로멘시 학파의 마법사들과 대화를 나누던 중에 심검마선을 되찾을 방도를 찾은 것 같다고 말이다. 이를 위해선 채린을 설득해야 한다고 말이지."

충격적인 소식이 아닐 수 없었다.

심검마선을 되찾다니.

다시 생각해 보니, 방금 본 장면은 정채린에게 붙은 데빌을 다시 마나로 되돌리는 작업이었던 것 같다.

운정이 물었다.

"데빌을 마나로 되돌리는 것입니까?"

지자추는 잠시 당황하다가 곧 대답했다.

"마족을 정기로 되돌린다는 말을 한 거라면, 그렇다."

운정은 짧은 한숨을 쉬더니 다시 물었다.

"정 회주가 허락했습니까?"

"나는 적극적으로 채린이를 설득했다. 처음에는 거부했지만, 화산파에 돌아갈 수 있다는 희망이 생기자 결국 하겠다고 했다. 그래서 마법사들과 태학공자가 마법을 시도한 것이다. 그들에게 시간이 별로 없다고 들었는데 맞나?"

"맞습니다. 그들은 오늘 밤에 파인랜드로 갈 것입니다."

"역시 그렇군. 그때까진 가능하다곤 했지만 어찌 될지 모르는 일이니……."

운정이 물었다.

"마족을 정기로 되돌리는 마법을 태학공자가 어떻게 알게 된 것입니까?"

지자추는 제갈극에게 들은 것을 그대로 답했다.

"심검마선과 나지오를 지옥으로 보낸 그 마법사. 그 마법사를 고문하면서 그 마법에 대해서 연구했었다고 한다. 하지만 그 마법에 대해서 원체 아는 게 적어 더 진행할 수 없었는데, 네가 데려온 그 마법사들과 마법을 논하던 도중 알게 되었다고 하던데? 왜? 의심스러우냐?"

그러고 보니 제갈극이 고바녠을 처음 고문한 이유가 바로 태룡마검과 심검마선을 되찾을 수 있는 마법을 알아내기 위함이었다. 알테시스들과의 대화에서 데빌을 마나로 되돌리는 마법을 논하였다면, 그의 오성을 생각했을 때 충분히 그 방도를 찾았을 것이다.

운정은 고개를 느리게 끄덕이더니 말했다.

"그렇게 되었군요."

지자추는 운정을 슬쩍 보더니 말했다.

"채린이가 말하길, 자기는 마교 내에서 자기 자리가 없음을 깨달았다고 했다. 화산에서 받아 주지 않으면 더 이상 살고 싶지도 않다고 했지. 이곳에서 기댈 사람은 너밖에 없던 걸로 아는데 혹 너와 무슨 일이 있었던 거냐?"

"……."

지자추는 대답을 기다렸지만, 운정은 끝까지 입을 열지 않았다.

아니, 못 했다.

그들은 결국 침묵 속에서 원로원에 도착했다.

지자추의 방까지 이르자, 그곳에는 지자추의 손자이자 정보부 마조대 낙양단주인 지화추와, 원로원의 노마두 한 명이 앉아 있었다.

지자추가 말했다.

"뭐냐? 노향. 이곳까지 와서?"

노향이라 불린 그 노마두는 듬성듬성 비어 있는 치아를 드러내며 웃었다.

"흐흐흐. 뭐긴 뭐야. 네놈이 뭔가 이상할 걸 꾸미는 걸 알고는 와 봤지. 그나저나 뒤에 있는 놈 말이다. 그때 그놈이구나!"

그가 그렇게 말하자, 운정도 노향을 알아보았다.

노향은 전에 운정에게 태극마심신공에 대해서 캐물었던 그 노인이었다. 운정은 하는 수 없이 그에게 태극마심신공의 구결을 알려 주었었는데, 나중에 지화추를 통해서 그가 옛날 무당파의 인물이었음을 알게 되었었다.

운정이 말했다.

"안녕하십니까? 노향 어르신. 전에 무당파에 계셨다고 들었습니다. 향 자 항렬인 것을 보니, 저보다 한 항렬 위이신 듯합니다."

노향은 머리를 긁적거리더니 말했다.

"몰라."

"예?"

"모른다고. 옛날 일은. 아무튼 덕분에 태극마심신공은 잘 익혔다. 아주 좋아. 좋기는. 머리가 이토록 맑은 게 얼마 만인지, 마치 술독에서 수년을 허우적거리다가 빠져나온 기분이다."

지자추는 얼굴을 일그러뜨리더니 말했다.

"노향, 내 방에서 얼른 나가라. 매번 나를 이리도 귀찮게 하면 앞으로는 절교할 테다."

그 말에 노향은 얼굴을 홀쭉이더니 자리에서 일어났다.

"아, 나가면 되잖나, 나가면! 너무하네, 정말. 키키킥. 그래, 그래. 무당아, 너도 나중에 또 보자."

그는 그렇게 말한 후 종종걸음으로 나가 버렸다.

지화추는 그가 완전히 나간 것을 보고는 자신의 조부에게 공손히 말했다.

"감사합니다. 계속 붙잡혀서 말씀을 듣느라 마음이 너무 어려웠습니다."

지자추는 피식 웃더니 상석에 가서 앉았다.

"참 다른 사람의 마음을 힘들게 하는 친구긴 하지. 운정 도사, 어서 앉아라."

운정이 자리하며 지자추에게 말했다.

"방금 그 노인입니까? 원로원에서 절 보길 바라신다는 분이."

지자추는 고개를 저었다.

"아니다. 내가 말한 것은 내 손자다."

지화추는 운정을 향해서 포권을 취하면서 말했다.

"전에 술 한잔하기로 하지 않았습니까? 이계 이야기도 듣고 싶고, 또 제가 하고 싶은 말도 있고."

운정은 껄끄러움을 굳이 숨기지 않으며 대답했다.

"죄송합니다만, 오늘은 어려울 것 같습니다."

지화추는 이미 알고 있다는 듯 더욱 깊은 미소를 지었다.

"서 장로와 함께 출정하는 것은 알고 있습니다. 하지만 그 일은 해가 떨어지고 난 뒤니, 아직 충분히 시간이 있습니다."

"낮술을 하자는 겁니까?"

"어차피 내공으로 취기를 몰아내면 될 일이니, 상관없지 않습니까?"

"……"

"남들의 눈을 피해서 만나기란 참으로 어렵습니다. 제가 제 조부께 부탁까지 해서 원로원에서 이렇게 자리를 마련한 것은 본 교에 있는 듯 없는 듯한 자들의 눈과 귀를 피해서 운 소협과 함께 허심탄회한 대화를 나누고 싶었기 때문입니다. 이 정성을 외면하지 말아 주십시오."

지자추는 갑자기 무릎을 탁 치더니 자리에서 일어나며 말했다.

"아, 아쉽게도 지고전에 놓고 온 물건이 있구나. 그럼 노부는 잠깐 나가 볼 테니, 운정 도사와 쉬다 가거라, 화추야."

"예, 조부님."

지자추는 운정에게 눈길도 주지 않고 방에서 나가 버렸다.

방 안은 정적으로 가득 찼다.

지화추는 아무렇지도 않게 자신의 앞에 있는 두 술잔에 술을 따랐다.

또르르.

그리고 가득 찬 그 술잔 하나를 운정에게 내밀었다.

"마시지요."

운정은 그 술잔을 가만히 내려다보다가, 곧 손을 들어서 그것을 잡았다.

"죄송하지만 다른 일이 있어 반 시진 내로 돌아가야 합니다. 아니, 한 식경 후에는 나갈 겁니다."

"충분합니다."

그 둘은 함께 술을 마셨다.

술은 목구멍을 타고 내려가며 화끈하게 데웠다.

운정이 입을 열며 이계에 관한 말을 시작하려는데, 지화추가 말했다.

"박소을을 만났습니다. 시간이 별로 없으니 이계에 관한 이야기는 다음으로 미루고 오늘은 박소을 이야기만 하지요."

"……."

"보자, 그러니까 지금으로부터 나흘 전에 저와 안양에서 헤어졌었지요? 그다음 날 동이 뜨기 바로 전쯤에, 처음 박소을의 흔적을 찾았습니다."

이후 지화추는 홀로 말하기 시작했다.

*　　　　　*　　　　　*

"단주님, 흔적을 찾았습니다."

지화추는 눈을 번쩍 떴다. 그의 두 눈은 잔뜩 충혈되어 있었고, 눈가는 심히 검었다. 요 며칠간 잠을 제대로 자지 않고 시간이 날 때마다 쪽잠으로 때웠기에 정신도 오락가락했다.

그는 내력을 일으켜 정신을 일깨웠다. 이 짓도 한두 번이지, 계속해서 반복하니 점차 저항력이 생기는 듯했다. 그가 익힌 심공은 마기를 기반으로 하는 것치고는 꽤나 좋은 편이었지만 그 기반이 기반이다 보니, 정신이 완전히 맑지는 못했다.

"심검마선의 용안심공이 더 부러워지는군. 무공도 심검도 필요 없고 그냥 그 심공만 있어도 좋을 텐데. 후……."

"다, 단장님?"

지화추는 고개를 마구 저으며 기억나지도 않는 꿈의 잔상들을 털어 버렸다. 그리고 그의 앞에서 걱정스런 눈길로 자신을 바라보는 한 마조대원의 눈을 바라보았다.

"아니다. 그래서 뭐라고 했지, 방금?"

그 마조대원은 지화추를 위아래로 훑어보고는 나지막하게 대답했다.

"그, 바, 박소을로 보이는 자의 흔적을 찾았습니다."

"그래? 어디?"

그 마조대원은 지도를 꺼냈다. 그리고 그의 앞에 펼치더니, 다른 마조대원에게 손짓했다. 그러자 다른 마조대원이 횃불을 들고 왔다.

지화추는 일렁이는 횃불을 보고 나서야 자신이 아직도 안양 지소 안에 있음을 깨달았다. 깊은 몽계에서 머물다가 갑자기 올라오니, 시간과 공간이 잘 인식되지 않았던 것이다.

"지금 시각은?"

"인시(寅時) 정각입니다. 곧 해가 뜰 겁니다."

"그래?"

"여기 지도를 보시죠. 안양에서 그리 멀지 않은 곳입니다. 천연 동굴이 많은 지역이 있는데, 안양 사람들은 귀곡암(鬼哭巖)이라 하여 잘 가까이 하지 않습니다. 그런데 그쪽으로 최근 사람이 지나간 흔적이 발견되었습니다. 그리고 그 흔적 주변에서 핏자국 또한 찾아냈습니다."

"포위는?"

"10리 밖부터 천천히 조여들고 있습니다. 하지만 박소을의 무위를 생각했을 때 그가 원한다면 얼마든지 뚫어 낼 수 있을 것입니다. 지금이라도 본부에 연락해서 마인들을 지원받는 것이 어떻습니까?"

지화추는 지도에 시선을 두고 한참 동안 입을 열지 않았다.

마조대원들이 더 이상 참지 못하고 뭐라도 물어보려는데, 그가 갑자기 자리에서 일어나며 말했다.

"내가 직접 가겠다. 고수들은 부를 필요가 없다. 그가 천마신교와 척을 지고 싶지 않은 이상 우릴 해할 이유가 없으니까. 아니, 애초에 그는 천마신교의 장로야. 지금으로 따지면 대장로의 위치지. 그러니 마인들을 불러서 그를 어찌하겠다는 것이냐. 물러나라 명하면 끝인데."

"그래도 위험하지 않겠습니까? 그가 흡혈한 시신만 해도……."

지화추가 말을 잘랐다.

"그러니 더더욱 위험하지 않지. 이미 배가 불렀으니 내 피까지 탐하진 않을 것 아니냐?"

"……."

"안내해라. 내가 도착할 때쯤이면 딱 해가 뜨겠군."

그의 말은 정확했다.

지화추가 박소을이 숨어들었다는 동굴 앞에 도착했을 때, 동쪽으로부터 태양이 하늘을 밝게 비추었다. 동굴의 입구가 동쪽으로 나 있었기 때문에, 그 안이 훤히 보였다.

그 안에는 피가 쪽 빨린 목내이(木乃伊) 같은 시신 여러 구가 아무렇게나 늘어져 있었다. 남녀노소, 빈부귀천 구분 없이 누워 있는 모습이, 살아생전 무엇이었든 죽음은 누구에게나 공평하다는 것을 잘 말해 주고 있었다.

그리고 동굴에 가장 깊숙한 곳의 작은 바위 위에 한 남자가 앉아 있었다. 허름한 몰골의 그는 가부좌와 비슷한 자세를 취하고 있었으나, 발바닥이 무릎 안으로 들어가 있는 형태였다.

지화추는 팔짱을 끼더니 말했다.

"서쪽이나 북쪽으로 입구가 난 곳도 많은데 뭐 하러 동쪽으로 입구가 난 곳을 거처로 삼으셨습니까?"

그러자 절대로 열리지 않을 것 같았던 남자의 입이 열렸다. 그리고 지저갱에서 올라온 듯한 소리가 울렸다.

"그 부분은 생각하지 못했소. 그저 이 바위가 편안해 보였지."

"오호? 심계의 달인이셨던 분께서 그런 것 하나 계산하지 못하셨습니까?"

바위 위의 남자, 박소을은 눈을 슬며시 뜨고 지화추를 보았다.

그의 두 눈은 붉게 빛나고 있었다.

"지화추 단장, 맞소?"

핏빛 색의 두 눈에서 깊은 혼란이 전해져 왔다.

지화추가 말했다.

"맞습니다. 장로께서 낙양의 지부장으로 계셨을 당시에, 참으로 저와 많이 부딪쳤었지요."

박소을은 지화추 발아래의 땅으로 시선을 내렸다.

"부딪쳤다고? 어째서 그랬소?"

"당시 전 성음청 교주의 입장을 낙양 지부에 전달하는 입장이었으니까요. 성음청 교주의 눈과 귀이기도 했고. 따라서 박소을 장로님과는 대립하는 사이라고 해도 과언이 아니었습니다."

"그랬군. 맞아. 그랬었어."

"솔직히 성음청 교주가 죽었을 때, 박 장로께서 절 추살하실 줄 알았습니다. 하지만 절 살려 두셨던 것이 또 이런 인연을 만들 줄이야 누가 알았겠습니까?"

"으음. 으음."

박소을은 괴로운 듯 신음을 낼 뿐 더 말하지 않았다.

지화추가 말을 이었다.

"듣고 싶습니다. 앞으로 계획은 어떻게 됩니까? 무엇을 하시고자 하십니까?"

박소을은 그 말을 듣고는 더욱더 괴로워지기라도 한 듯 자신의 머리를 싸맸다.

"으윽. 으윽. 정말이지. 정말이지 너무나… 너무나 오랜 세월이었소. 죽임을 당하고… 미, 미내로. 그래. 미내로의 패밀리어가 되어서… 후우. 겨우. 겨우 벗어났다고 믿었는데. 흐음. 흐음. 그래. 그래."

그는 계속해서 혼잣말로 중얼거렸다.

지화추는 칼날처럼 서늘한 시선으로 그를 노려보았다. 심계에 워낙 뛰어나니, 혹여나 수작질을 부리는지, 그의 표정 하나, 손짓 하나까지 의심했다.

그러나 아무리 보아도 속이는 것처럼 보이진 않았다.

지화추가 물었다.

"기억나지 않으십니까?"

박소을은 깊은 한숨을 푹 내쉬더니 허탈한 목소리로 말했다.

"기억은 다 나오. 기억은 다 나. 말 한마디, 한마디. 장면 하나하나 모조리 기억나오."

"……"

"하지만 그건 내가 아니오. 미내로의 패밀리어였을 뿐. 그녀가 유도하는 대로 생각하고 움직이는 꼭두각시였을 뿐. 나는 그자가 아니오. 그자는 박소을이 아니오. 중원에서의 박소을은 내가 아니오. 나는 박소을 박사. 그래, 그렇지. 나는 박소을 교수요."

지화추는 가만히 그를 보며 물었다.

"이제 무엇을 하실 생각이십니까? 이대로 동굴에서 계속 사실 건 아니지 않습니까?"

박소을은 시선을 더욱더 아래로 내리며 말했다.

"난 지쳤소. 이십 년에 가까운 세월을 타인의 노리개로 살 았소. 이제 나는 쉬고 싶소. 내 집으로 돌아가서 그곳에서 쉴 것이오. 이곳은 나에게 타지. 이곳은 나에게 아무런 의미도 없는 곳이오. 나는 내 고향으로 돌아가 그곳에서 죽고 싶소. 그것만이 내가 바라는 것이오."

"……."

"한 가지 부탁이 있소. 내가 패밀리어로 있을 당시에도 문득문득 제정신이 들곤 했소. 미내로가 새로운 패밀리어를 얻으려 할 때마다, 나와의 교감을 끊었고, 그때마다 나는 내 자아를 되찾곤 했지. 그때, 내가 내 유산을 물려준 이가 있소. 그이에게 부탁을 하고자 하오."

지화추는 박소을이 무슨 말을 하는지 정확히 알 수는 없었지만, 마지막 말은 대강 알아들었다.

"누구입니까?"

"비도혈문(飛刀血門)의 무영비주(無影飛主). 살막(殺幕)의 자살(子殺). 낙양지부(洛陽支部) 제일대(第一隊) 제일단(第一團)의 일단주(一團主). 공방전(工房殿)의 전주(殿主). 그리고, 심검마선(心劍魔仙)의 친우(親友)……."

지화추는 그가 누군지 잘 알았다.

"현 천마신교의 교주. 무공마제 혈적현을 말하시는군요."

그 말에 박소을이 멍한 눈으로 지화추를 보았다.

"그가 교주가 되었소?"

"예. 바람 앞에 등불처럼 위태위태하시지만, 교주는 교주이시지요."

"……."

"그에게 어떤 말을 전해 드리면 되겠습니까?"

박소을은 잠시 고민하더니 곧 입을 열어 말했다.

"혹 문방사우가 있으시오? 서, 서찰을 쓰고 싶소."

"……."

지화추는 잠시 고개를 돌려 한쪽을 바라보았다. 그러자 그곳에서 마조대원 한 명이 경공을 펼쳐 그에게 다가왔다.

"문방사우를 가져와라."

"여, 여기서요?"

"서찰을 쓰고 싶다 하셨다."

마조대원은 잠시 고민하더니 어디론가 몸을 날렸다.

얼마 지나지 않아 그가 문방사우를 가져오자, 지화추는 직접 그것을 들고 동굴 안으로 들어갔다.

*   *   *

"서찰 내용은 나도 잘 모르겠습니다. 생전 처음 보는 암호문이었으니까. 하지만 동일한 글자가 몇 번 반복적으로 나오는 것을 보면, 단순 암호문이 아니라 하나의 언어로 보였습니다."

운정은 희미했던 그 꿈속의 기억을 통해서 박소을이 외계에서 온 자라는 것을 어렴풋이 알고 있었다. 만약 그가 외계어를 쓴 것이라면, 이는 혈적현도 이해하고 있다는 뜻이고, 그렇다면 곧 혈적현도 박소을에 대해서 꽤나 알고 있다는 뜻이 된다.

특히 그 유산이라는 것은 무엇일까?

기계 공학을 이야기하는 것일까?

아니면 다른 무언가?

운정이 물었다.

"교주께서는 서찰을 받으시고 무슨 반응을 보이셨습니까?"

"별 반응은 없었습니다. 서찰을 단숨에 읽고는 불로 태워 버렸지요. 그 이후로는 이 일에 대해 일언반구도 없으셨습니다."

"……."

운정이 손을 턱에 가져와 살짝 고민하는데, 지화추가 담담하게 말했다.

"제가 왜 이 이야기를 해 드리는지 아시리라 믿습니다."

순간 운정의 눈썹이 살짝 찌푸려졌다.

그가 지화추를 보려는데 그가 자리에서 일어나 버렸다.

"지 단장?"

지화추는 운정을 향해 방긋 웃고는 말했다.

"한 식경이 다 지나 버렸군요. 전 조부님을 찾으러 가보겠습니다. 벌써 돌아오셔도 돌아오셨어야 할 시간인데, 어찌하여 늦으시는지 걱정이 되는군요."

그렇게 말한 그는 밖으로 나가 버렸다.

운정은 열린 문을 보면서, 나지막하게 중얼거렸다.

"물어보고 자기도 알려 달라는 뜻이겠지."

그는 곧 자리에서 일어났다. 조령령에게 약조한 반 시진이 거의 다 되었기 때문에 발걸음을 서둘러야 했다.

그런데 그때, 갑자기 한쪽 벽 그 뒤에서 무언가 움직이는 것이 느껴졌다.

그가 그쪽으로 고개를 돌리고 기감을 더욱 활성화시키자, 그 기운이 점차 멀어지고 있는 것을 알아차릴 수 있었다.

운정은 그가 아는 가장 빠른 보법을 펼쳐 그 건물에서 나갔다. 그리고 기운이 느껴졌던 방향을 노려보았다.

그곳에는 한 노인이 멋쩍은 표정을 짓고는 물가에서 헤엄치는 고기를 내려다보고 있었다.

아까 보았던 노향이었다.

운정은 눈을 게슴츠레 뜨고는 노향을 노려보았으나 노향은 헛기침을 하며 애써 운정의 시선을 외면했다.

마지막에 섣불리 움직이다 결국 들키긴 했지만, 만약 그대로 가만히 있었더라면 운정조차 그의 기운을 전혀 감지하지 못했을 것이다.

그 은밀함은 마치 살수의 그것과 같아서, 도저히 무당파의 무공에 뿌리를 둔 무인의 것이 아닌 듯했다. 또한 마공화된 무당의 무공을 익혔더라면 더더욱 은밀함이 없었을 것이다.

그가 과연 정말로 무당의 어른일까?

운정은 강한 의구심이 들었지만 시간이 촉박하기도 하고, 상대방이 시치미를 떼면 그만이라, 지금 시시비비를 가리기에는 어려웠다.

운정은 결국 몸을 돌렸다.

노향은 슬쩍 그의 뒷모습을 보고는 중얼거렸다.

"박소을이라. 흠흠. 지자추 요놈이 뭔가 이상한 짓을 하고 다닌다는 건 알고 있었는데 말이야. 지고전이라고 했었지? 지고전… 흐음, 좋아."

순간 그의 모습이 흐릿해지더니 그 자리에 아무것도 남지 않았다.

第八十五章

오른손으론 정향으로.

왼손으로 역수로.

조령령은 두 개의 꿩 고기를 양손에 각각 하나씩 든 채, 한 번에 입에 욱여넣었다. 옆에서 가만히 서 있던 시녀는 그 작은 입에 그것이 어떻게 들어가는지 눈으로 보면서도 믿지 못했다.

"우저!"

조령령은 씹다 말고 운정의 이름을 크게 부르며 자리에서 벌떡 일어났다. 그러곤 빠른 발걸음으로 운정에게 뛰어왔다.

그 소녀 같은 모습에 운정의 얼굴에 절로 포근한 미소가 지어졌다.

"천천히 먹으십시오. 속에 안 좋습니다."

조령령은 배시시 웃더니 입안에 있는 두 꿩 고기를 한 번에 삼켜 버리곤 말했다.

"용의 위장을 과소평가하지 말라고. 나한테는 세상에 살아 있는 모든 것이 먹이니까."

"……."

운정이 아무 말 하지 않자 조령령은 묘한 표정을 짓고는 운정에게 다시 말했다.

"왜 그래? 안 좋은 일 있었어?"

운정은 다시 웃음을 그리며 고개를 흔들었다.

"아닙니다. 저도 같이 먹지요."

조령령은 그 두 번째 웃음에는 아무런 진심이 없다는 것을 느꼈다. 때문에 앞서 걸어가는 운정의 뒷모습을 바라보면서 불안한 기분에 사로잡혔다.

운정이 자리에 앉아 식사를 시작하려는데, 조령령이 얼른 그 맞은편에 앉아서 말했다.

"왜 그러는데? 뭔 일이야?"

운정은 다시 그녀와 눈을 마주치고는 웃어 보였다. 하지만 또다시 진심이 없는 그 미소에 조령령은 기분만 더 나빠졌다.

운정은 음식들을 하나하나 살펴보면서 말했다.

"오늘 밤 중에 이계로 넘어갈 예정입니다."

"뭐?"

"만약 가게 된다면 조 소저를 더는 이곳에 둘 수 없어서 말입니다."

"……."

"청룡의 말을 교주에게 전했으니, 사실 이제 청룡궁으로 돌아가셔도 되지 않습니까?"

"싫어."

단호한 그 대답에 운정은 음식들에게서 시선을 떼고 조령령을 보았다.

그녀는 단단히 화가 난 표정으로 운정을 노려보고 있었다.

"조 소저."

"싫다고."

"하지만 여기 있으면 위험합니다. 당신은 엄연히 청룡궁의 사람이니, 천마신교 내에는 악의를 품은 자들이 많이 있을 겁니다."

"네가 책임진다고 했잖아. 나를."

"그러니까 하는 말입니다. 오늘 밤 이후로는 불가능하니, 이제 청룡궁으로 돌아가시는 것이 좋을 것 같다고 말입니다."

"싫다고. 너도 이계 가지 말고 여기서 날 지켜 줘."

"조 소저."

운정이 낮은 음성으로 말하자 조령령은 지지 않으려고 더욱 화난 눈빛을 하곤 팔짱을 꼈다.

"아님 나도 데려가! 나도 데려가면 되잖아!"

"죄송하지만, 조 소저를 그곳까지 데려가는 것은 어려울 듯합니다."

"왜? 내가 귀찮아서 그래? 여기 와서도 나 지켜 준다고 해놓고 혼자만 돌아다니고. 진짜. 갑자기 하루도 안 되어서 떠나라니. 이게 뭐야!"

그녀의 두 눈에 물기가 차올랐다. 그녀는 얼른 고개를 옆으로 돌리면서 눈물을 닦았는데, 분함과 서운함이 뒤섞인 표정이었다.

운정은 그 모습을 보며 한숨을 쉬었다.

"하아. 조 소저."

"뭐? 왜? 자기 멋대로 굴고!"

"……"

"할 말 없지? 그럴 줄 알았어. 이젠 그냥 내가 귀찮잖아. 솔직히 말해 봐. 할 일도 많아서 좋겠다. 참 나, 됐어. 청룡궁에 돌아가지 뭐. 아버지가 날 받아들여 줄지 아님 배신했다고 죽일지 모르겠지만, 여기서 이런 취급받느니 차라리 죽는 게 낫지."

그녀는 그렇게 말한 뒤에, 휙 하고 자리에서 일어나 밖으로 걸어 나갔다.

그 모습에 운정은 자리에서 일어나 그녀의 어깨를 잡았다.

조령령은 짜증을 내며 운정의 손을 치우려 했다.

하지만 운정은 다시금 그녀의 어깨를 잡아 결국 돌려세웠다.

조령령은 원망이 가득한 두 눈으로 운정을 올려다보았다.

운정이 말했다.

"전 지금 이계에 가야만 하는 입장입니다. 천마신교와의 마찰을 해결했으니, 본격적으로 신무당파를 개파할 생각입니다. 청룡궁과 천마신교 사이에 있는 그 신들의 일에는 사실 아무런 관심이 없습니다. 전 제가 해야 하는 일을 할 뿐입니다."

조령령이 또르르 흐르는 눈물을 소매로 훔치며 말했다.

"나도 그래. 나도 황룡이니 뭐니 관심 없어. 그냥 우리 가족이 날 인정해 줬으면 좋겠어. 난 열심히 노력했어. 용이 되려고 했어. 그래서 여기도 온 거야. 가족들을 위해서 온 거라고. 나 그냥 갈래. 청룡궁으로 돌아갈래. 어차피 교주는 황룡의 봉인을 풀어 줄 것 같지도 않아. 내가 와서 말한다고 뭐가 달라지겠어. 안 그래? 방금 네가 말한 것처럼 너도 별로 관심 없잖아."

"……"

조령령은 이제 눈물이 더 나오지는 않는지, 눈가를 훔치진 않았다.

하지만 그녀의 표정은 여전히 울상이었다.

"이대로 돌아가면 다들 실패했다고 놀리겠지. 뭘 하고 왔느냐고 말이야. 그리고 아버지는 아마 날 죽이려 들지 몰라. 설득하겠다고 그렇게 자신 있게 말하고 왔는데. 아니, 애초에 제대로 돌아갈 수 있을까? 석가장에 도착하기 전에, 내 몸 하나 지킬 수 있을까?"

"……."

조령령은 그의 말을 기다렸지만, 운정은 아무 말도 하지 않았다.

기다리는 시간이 길어질수록, 느껴지는 비참함도 더욱 깊어졌다.

조령령은 결국 그 아픔을 참을 수 없어 몸을 돌릴 수밖에 없었다.

그때, 운정이 그녀의 어깨를 잡았다.

"가능할지는 모르겠습니다만 혹 가능하다면 저와 함께 이 계로 가시겠습니까?"

"으응?"

"신변을 지켜 주겠다는 제 말을 지키게 해 주십시오."

"……."

"부탁드리겠습니다."

조령령의 어깨가 조금씩 떨리더니, 곧 그녀가 확 몸을 돌리고 운정의 품에 안겨 들었다.

"으아앙! 으아앙!"

조령령이 가슴에 얼굴을 묻고 비비는데, 운정은 어쩔 줄 몰라 가만히 있었다.

그녀는 한참 동안이나 눈물 콧물을 모조리 쏟아 냈다. 어느 정도 진정하자, 민망함을 느꼈는지 운정의 가슴 속에서 나지막하게 말했다.

"알았어, 같이 가 줄게! 같이 가 준다고!"

운정은 따뜻하게 웃으며 그녀의 머리를 천천히 쓰다듬었고, 조령령은 기분이 좋은지 운정에게 더 안겨 왔다.

그는 낙선향에서 나와 처음 본가로 돌아갔을 때 보았던 그의 여동생들을 떠올렸다. 사음이와 오음이는 부모가 입양했고 육음이는 친여동생이다. 운정은 자신의 품에 안겨 있는 조령령의 머리를 쓰다듬으며 그들 생각이 절로 났다.

이는 조령령도 마찬가지였다. 그녀가 어릴 때 그녀를 항상 따뜻한 눈길로 바라보며 부드러운 손길로 머리를 쓰다듬었던 오라버니들이 떠올랐다. 성인이 되고 나서 언제부턴가 그녀를 대하는 모습이 냉담해졌고, 종국에 가서는 지나가는 곤충을 대하듯 무관심해졌었다.

순간이나마, 따뜻한 가족의 정을 느낀 그들은 한참 동안 그렇게 있었다.

그런데 한 마조대원이 낙선향 안으로 들어오며 운정에게 말했다.

"태극마선 운정 대장로님, 교주께서 찾으십니다. 지금 바로 뵙자 하십니다."

운정은 고개를 끄덕이더니 말했다.

"홀로 오라 하셨습니까?"

마조대원은 고개를 저었다.

"그 부분에 대해선 말씀이 없으셨습니다."

"알겠습니다. 조 소저, 저와 함께 가시지요."

조령령은 고개를 끄덕이고는 운정을 올려다보더니 말했다.

"응. 좋아. 그런데 있잖아. 한 가지 부탁해도 돼?"

"얼마든지요."

조령령은 슬쩍 손을 뻗어서 운정의 귓불을 만지작거리더니 말했다.

"나한테 존대하지 말아 줘."

운정은 살짝 웃어 보였다.

"좋아, 령령아. 앞으론 네게 평어를 쓸게."

조령령은 그를 마주 보며 웃었다.

방금 웃음에서는 진심이 느껴졌기 때문이다.

"제가 갈 수 있는 곳은 여기까지입니다."

마조대원은 한 건물의 입구에 서며 그렇게 말했다.

그 건물은 한 사람이 살기에도 어려울 정도로 작았다. 겉으로 보기에도 평범하여 그냥 농기구를 놓는 창고쯤으로 보였다.

운정이 말했다.

"이곳이라고요?"

마조대원은 고개를 끄덕이더니, 말없이 포권을 취하고는 멀어졌다.

조령령은 그가 사라질 때까지 그를 지켜보다가 툭 하니 말했다.

"뭐야? 진짜 이런 곳에서 교주가 보자고 한 거야?"

운정은 고개를 갸웃하며 말했다.

"그러게. 잘 모르겠네. 령령아, 내 옆에 꼭 붙어 있어. 위험할지 모르니까."

조령령은 고개를 끄덕인 다음 그의 말대로 운정의 옆에 꼭 붙었다.

운정은 그 창고의 문을 열었다.

그러자 그 문 뒤로는 지하로 향하는 계단이 나왔다.

그 계단은 어찌나 넓은지, 그 창고 바닥 전체가 모두 계단으로 되어 있었다.

마치 제갈극의 실험실로 향하는 그 계단을 수배로 불려놓은 것 같았다.

운정과 조령령은 조심스레 그 안으로 들어갔다.

저벅. 저벅.

그들이 계단에 발을 놓자, 은은한 연초록빛이 일었다. 그 빛은 넓디넓은 지하 공간을 밝혔는데, 계단은 그 공간에 툭하니 존재하는 듯했다.

계단 양옆 낭떠러지는 그 끝이 보이지 않을 만큼 깊었다.

운정은 더욱더 조심하며 아래로 내려갔고, 조령령도 그를 따라서 내려갔다.

저벅. 저벅.

새로운 계단을 밟을 때마다 연초록빛이 새로이 일어났다. 그리고 그들이 발을 뗀 뒤쪽 계단에서는 연초록빛이 서서히 빛을 잃었다.

그렇게 한참을 걷다 보니, 그들은 어느새 시커먼 밤하늘 위에 서 있는 것 같았다. 전에 청룡궁 꼭대기에서 청룡을 보러 갔던 때와 비슷하다. 그때는 밤하늘에서 유리 계단 위를 걸었는데, 지금은 마치 그 계단을 아래로 걷는 기분이었다.

"빛이 너무 예뻐. 하지만 주변이 어두우니까 좀 무섭기도 해."

운정이 고개를 숙이고 조령령을 보니, 그녀의 두 눈이 불안 감에 흔들리고 있었다.

"좀 환하게 해 줄까?"

"으응."

운정은 오른손을 뻗었다 그러자 등에 멘 영령혈검 하나가 그의 오른손에 잡혔다. 운정이 눈을 감고 살라만드라에게 부탁하자, 곧 그의 영령혈검에선 환한 빛을 머금은 불길이 피어올랐다.

화르륵-!

영령혈검을 심지 삼아 피어난 그 거대한 불꽃은 성인 남성의 크기보다 세 배는 컸다. 그 엄청난 불길이 바로 옆에 있었음에도, 조령령은 따스한 기운만 느꼈다.

그 불길에서 태어난 빛은 사방으로 쏟아졌고, 그 지하 공간을 훤히 밝히기 시작했다. 그제야 지하 공간의 전체적인 윤곽이 보였다.

조령령은 순수하게 감탄했다.

"와. 맞은편 벽까지 수백 장은 되겠어! 계단 뒤쪽으로도 그 정도는 되겠는걸?"

운정도 놀라지 않을 수 없었다.

"이 정도라면 천마신교 낙양본부 전체의 지하라고 봐도 되겠네."

"그치? 그치? 이곳은 도대체 뭐 하는 곳일까? 뭐 하는 곳이기에 이렇게 거대할까?"

운정과 조령령은 계속해서 내려갔다.

아무리 적어도 한 식경은 되었을 쯤에, 그들은 바닥에 내려올 수 있었다.

그들 앞에는 거대한 벽이 있었는데, 계단이 쭉 앞으로만 이어지면서 맞은편에 있던 벽까지 닿은 것이었다.

그때 계단 뒤쪽으로 저 멀리 지하 공간 중앙쯤에서 한 목소리가 들렸다.

"청룡궁의 대사까지 올 줄은 몰랐군. 뭐, 직접 보는 것도 나쁘진 않겠지. 어서 와라. 이쪽이다."

혈적현의 목소리였다.

운정은 영령혈검을 앞으로 뻗어 빛을 보냈다.

하지만 그 빛은 어둠을 다 뚫지 못하고 중간에 가로막혔다.

조령령은 그걸 보며 불안한 듯 말했다.

"이상해. 빛이 가다 막혔어."

그때 또다시 앞쪽 어둠에서 혈적현의 목소리가 들렸다.

"이곳엔 다양한 금제가 있다. 금제뿐일까? 기문둔갑에 마법진까지 설치되어 있어. 그러니 부자연스러운 현상이 일어날 수밖에."

운정이 물었다.

"위험하지는 않습니까?"

혈적현이 대답했다.

"걱정 마라. 지금 내가 여기 있는 한, 어떠한 것도 너희들에게 위협이 되지 않으니까. 그냥 천천히 걸어오다 보면 자연스레 내가 보일 것이다. 그러니 괜히 그 검으로 불을 만들지 마. 자칫 진법을 잘못 건드리면 나도 막을 수 없다."

운정은 그 말을 믿고 영령혈검을 거두었다. 조령령이 운정의 옷을 더욱 세게 잡자, 운정은 아예 그녀의 손을 맞잡고는 앞으로 걸어 나갔다.

얼마나 걸었을까?

앞에서 혈적현의 뒷모습이 보였다. 정확히 말하면 그의 앞에서 쏟아지는 황금빛에 의해서 그 그림자가 보인 것이다.

그들은 더욱 앞으로 걸어갔다.

그리고 혈적현의 앞에 있는 것을 보게 되었다.

"황룡?"

"황룡?"

운정과 조령령은 서로를 바라보며 똑같이 물었다.

악어 몸. 독수리 갈고리 앞발. 코끼리 뒷발. 뱀 꼬리. 박쥐의 날개. 기린의 목. 파충류의 눈알. 숫양의 뿔.

피부가 금처럼 은은하게 빛나고 있는 것만 뺀다면, 드래곤(Dragon)과 똑같았다. 황룡은 몸을 말아 웅크리고 있었는데, 그 뒤로 어둠이 보이는 것을 보니 실제로 존재하는 것이 아니라 반쯤 투명한 허상처럼 보였다. 그래서 멀리서는 황룡의 윤곽이 잘 보이질 않은 것이다.

하지만 허상에 불과한 그 황룡의 몸에도 두 눈 사이의 미간만큼은 실질적인 살과 뼈로 이뤄져 있었다. 운정이 눈초리를 모으고 자세히 보니, 그곳엔 머리부터 발끝까지 금빛을 내는 한 여인이 반쯤 누워 있었다. 황룡의 허상이 없었다면 공중에 떠 있는 꼴이다.

그녀의 미모는 심히 아름다웠다. 공중에 떠 있는 듯한 신비로움이나 그 주변에서 일어나는 금빛을 제외하고라도, 인간이 이토록 아름다울 수 있나 의문이 들 정도였다.

운정은 그간의 경험을 통해서 단순한 아름다움으로 이런 느낌을 줄 수 없다는 것을 잘 알았다. 시르퀸이나 모호 등을 생각했을 때, 분명 그 아름다움을 돕는 모종의 작용이 있으리라 짐작할 수 있었다.

운정이 물었다.

"저 여인은 누굽니까?"

혈적현이 나지막하게 대답했다.

"봉인의 모체가 되는 여인이다. 월려의 연인이기도 하지."

무슨 사정인지는 모르지만, 함부로 물을 수 없는 듯했다.

운정은 그녀의 몸으로부터 시작되는 황룡의 허상을 바라보며 말했다.

"저 여인에게 황룡이 봉인되었군요."

혈적현은 팔짱을 꼈다.

"한 고서(古書)에 의하면 옛날에는 네 가지 종류의 요괴가 인간과 함께 세상에서 살았다고 한다. 하지만 그들은 옛날 옛적 갑자기 모두 실상을 잃어버렸다고 한다. 이후 그들은 지금 보는 황룡처럼 허상으로밖에 존재할 수 없게 되었다. 실체를 잃어버리고 실세계에서 추방당한 이후로는 이 세계의 뒤편이나 인간의 몽계 같은 곳에서밖에 영향력을 미치지 못하지."

"이매망량(魑魅魍魎)을 이야기하시는 겁니까?"

혈적현은 살짝 고개를 끄덕였다.

"그들이 현세에서 사라지게 된 사건은 다름 아닌 사방신의 탄생이라고 한다. 네 가지 종류의 요괴로부터 주작, 현무, 청룡, 백호가 태어났다고도 할 수 있지. 그들의 환세(還世)로 말미암아, 그들에게 종속된 그 네 요괴 모두가 소멸하게 된 것이다."

그 말에 운정의 눈썹이 꿈틀거렸다.

그것은 처음 듣는 이야기였기 때문이다.

그는 혈적현이 왜 그 말을 하는지 알 듯했다.

"행여나 황룡이 봉인에서 풀려나면, 그 네 종류의 요괴들에게 일어났던 일이 똑같이 인간에게 일어나리라 생각하십니까?"

혈적현은 담담하게 대답했다.

"그렇다. 황룡이 환세한다면 인간은 모두 소멸할 것이다."

"……."

간단한 대답이었지만, 운정은 그것을 어떻게 받아들여야 할지 알 수 없었다.

혈적현은 몸을 돌려 운정을 보고 말했다.

"그리고 환세하지 않은 백호와 청룡. 이 둘에 뿌리를 둔 생명체들만 살아남겠지."

운정은 솔직한 감성을 말했다.

"너무 허황된 이야기로군요."

혈적현은 방긋 웃더니 말했다.

"하지만 실제로 일어난 일이야. 이매망량은 중원에 있었으나, 한순간 사라졌지. 많은 유물과 고서들이 그 사실을 뒷받침하고 있고. 내가 알기론 태극마선도 그 부분에 대해서 아는 것이 있지 않나? 태극지혈을 들고 있으니, 알 것 같은데."

운정이 말했다.

"이것은 태극지혈이 아니고, 영령혈검입니다."

그 말에 혈적현은 눈초리를 모았다.

그러고 보니 형태만 조금 비슷했을 뿐, 검신의 빛깔이 조금 다르다. 또한 중간중간 금속 파편이 검신 안을 유영하고 있는 것도 태극지혈에는 없는 현상이다.

혈적현이 재차 물었다.

"그렇다면 그건 제갈극이 준 태극지혈이 아니라는 것이냐?"

"아닙니다. 제가 빚어낸 것입니다."

"빚어냈다?"

"제 마를 제거하는 과정에서 만들어진 것입니다. 때문에 제 생각에는 태극지혈 또한 과거 장삼봉이 자신의 마를 제거하는 과정에서 만들어진 것이 아닌가 합니다."

"흐음……."

혈적현이 더 말을 하지 않자 운정이 물었다.

"그런데 태극지혈과 사방신이 무슨 연관이 있어, 태극지혈에 대해서 말씀하신 것입니까?"

그 말에 혈적현이 상념에서 벗어나며 말했다.

"아, 그건 사괘(四卦)와 오행(五行)의 관점으로 보았을 때 태극지혈에 담긴 기운은 감기(坎氣)와 리기(離氣), 즉 각각 수(水)와 화(火)에 해당하며, 이는 주작과 현무를 대변하기에 그렇다."

"주작과 현무?"

운정은 순간 두 기억이 동시에 떠올랐다.

스페라와 함께 유성을 막으면서 보았던 장면.

청룡궁에서 청룡과 함께 대화하면서 보았던 장면.

중원 전체를 감쌀 정도로 높은 고도에서 싸웠던 주작과 현무.

그 거대하기 짝이 없는 몸을 생각했을 때, 그들의 싸움은 싸움이라기보다는 전쟁에 가까웠다.

혈적현은 운정의 영령혈검을 찬찬히 바라보며 말했다.

"일여 년 전, 주작과 현무가 봉인에서 풀려 환세했기에 리기와 감기는 순수하게 존재할 수 없게 되었지. 그 기운들이 그들의 지배 아래 놓이기 때문이야. 그들과의 조화를 통해 얻든, 인간의 의지를 섞어 마기(魔氣)로 얻든 해야지. 몰랐나?"

운정은 뭔가 깨달아지는 것이 있었다.

"그래서, 태극지혈을 통해 흡수한 리기와 감기는 마기를 내포하는군요."

혈적현은 고개를 여러 차례 끄덕이더니, 다시 몸을 돌려 황룡을 보았다.

"내가 널 이곳으로 부른 이유는 내가 황룡의 봉인을 풀지 않는 것이 아니라 풀지 못하는 것이라는 것을 말해 주고 싶었기 때문이다."

이 말에 조령령이 말했다.

"정말로? 아버지는 천마신교가 황룡을 봉인해 놓고 자신의 수중에 두었다고 했는데?"

혈적현은 황룡 안의 여인에게 시선을 둔 채로 말했다.

"전혀 그렇지 않다. 우리는 해결 방법을 찾고 있을 뿐이야."

"그럼 청룡궁에 도움을 청하면 되잖아? 우리 아버지가 도와주실 거야."

"그 방법은 안 된다. 아까 말했던 것처럼 황룡이 현세하면 모든 인간이 소멸할 수 있어."

조령령은 어이가 없다는 듯 말했다.

"정말로 그렇게 생각해? 황룡이 살아나면 갑자기 인간들이 모조리 소멸해? 그게 정말 그렇게 되겠어?"

운정도 거들었다.

"저 또한 그걸 믿긴 어렵습니다. 어느 날 갑자기 이매망량이 중원에서 종적을 감춘 것은 알지만, 그 이유가 사방신의 현세 때문이며, 또한 황룡의 현세가 같은 작용을 하여 인간이 모두 소멸할 것이라는 건, 억측이라 생각합니다."

혈적현이 나지막하게 말했다.

"확실히 그건 확인할 수 없는 것이지. 그렇지만 마냥 가설에 불과하다고 여기기에는 위험 부담이 너무 크다. 때문에 환세를 막기 위해 이렇게 봉인하고 있을 수밖에 없고."

운정은 그 말에 작은 혼란을 느꼈다.

그가 물었다.

"사방신의 탄생과 봉인, 그리고 환세. 이 모든 것이 조금 이해하기 어려운 듯합니다. 조금 더 자세히 설명해 주실 수 있겠습니까?"

혈적현은 깊은 눈빛으로 운정을 마주 보며 대답했다.

"나도 크게 아는 건 없다. 이 모든 건 거의 추측에 불과해."

"용어만 조금 정리해 주시면 좋겠습니다. 봉인은 뭐고 환세는 뭐고. 정확히 어떤 작용들이 일어나는 겁니까? 지금 황룡의 봉인을 통해 환세하는 것을 막고 있다는 건 무슨 뜻입니까? 청룡궁에서 하려는 봉인 해제 방법과 천마신교에서 찾고 있는 봉인 해제 방법은 어떻게 다릅니까?"

혈적현은 조령령과 운정을 번갈아 살폈다.

그러더니 곧 설명을 시작했다.

"신은 허상의 존재다. 이면(裏面)에 있는 것이지. 이 현실에 직접적인 영향을 미칠 순 없다. 오로지 그 기운으로만 영향을 미칠 수 있다. 하지만 환세를 한다는 건 말 그대로 현실에 나타난다는 것이다. 다른 말로는 강림한다는 것이지."

"……."

"신이 가진 힘은 본래 허상의 것이나, 실존하게 되는 순간부터는 말이 달라진다. 그 신이 강림함으로 인해 그 신의 힘 또한 실존해야 하기에 그 힘이 조달되어지는데, 그 과정에서 그 신의 속성에 포함된 모든 것이 소멸되어 그 신을 돕는 것이다."

"……."

혈적현은 팔짱을 꼈다.

"이건 순전히 가설에 불과하나 가장 신빙성이 있다 생각되어 말해 주마. 사방신이 처음 생기는 과정도 그것과 유사했을 것이다. 요괴에게 무분별하게 고통을 당하던 인간은 요괴들이 통솔되어지기를 바랐겠지. 그 의지와 원념이 모여 사방신을 만들었고, 그 사방신 아래 요괴들이 통솔되어졌을 것이다. 하지만 엄연히 그 사방신은 허상에 불과했지. 어찌 됐든 사람이 머릿속으로 만들어 낸 것에 불과하니까."

"하지만 모종의 이유로 현세하게 된 것이군요."

혈적현이 고개를 끄덕였다.

"그렇다. 그래서 사방신이 세상에 나타남으로써 이매망량은 모조리 소멸했다. 이는 인간의 의지와 소망이 만들어 낸 결과라 생각한다. 무공도 술법도 마법도 결국 그런 것 아니겠나? 가장 원시적인 술법이라 혹은 마법이라 봐도 무방하겠지."

"……."

"하지만 이렇게 만들어진 사방신은 전쟁 신이었다. 이들은 서로와 결코 융화될 수 없는 존재들이기에, 언제나 서로를 향해 적의를 드러내고 전쟁을 벌였지. 그러니 인간이 받는 고통은 여전했을 것이다. 그러던 중 고대에 한 현자가 황룡을 인위적으로 만들어 냈다. 그리고 황룡으로 하여금 사방신을 다스리게 하였지."

"인위적으로 만들어 냈다는 함은?"

혈적현은 피식 웃었다.

"인간의 신이니까, 인위적으로 만들어야 하지 않겠느냐?"

"……."

"어떻게 황룡이 사방신을 굴복시켰을지에 대해선 또 우리가 모르는 많은 비밀들이 숨겨져 있겠지만, 내 생각에는 애초에 사방신도 인간의 의지로 만들어진 존재다 보니 가능하지 않았나 한다. 어찌 됐든 그 일로 인해서 사방신은 황룡 아래 부속되었고 그들의 전투 본능은 서로가 아니라 외부를 향하게 되었지. 외부에서 들어오는 모든 것과 싸우는 수호신으로 그 본질이 변한 것이다."

"……"

"하지만 문제가 있었다. 이 황룡 또한 신이며 자신의 의지를 가지고 있지. 이 황룡을 제대로 다스리지 않으면, 다른 사방신과 마찬가지로 어느 날 환세하여 인간이 모조리 소멸될 것이다. 때문에 현자는 황룡을 중원의 중심인 이 낙양 땅에 봉인시켰다. 사방신을 굴복시킨 허상의 신으로는 존재하되, 현실에서는 실존할 수 없도록 말이다. 누군가의 말로는 만들다 말았다고 하는데, 뭐 그렇게 이해하면 편하다."

"중간에 걸쳐 둔 것이로군요. 이면과 현실 사이에."

"딱 그 상태. 그것이 바로 봉인이다. 다른 말로 하면 죽음에 고정시켜 둔다고 하지. 이용해 먹기 딱 좋은 상태인 거야."

"……"

"문제는 천 년 전, 이 원리를 천마신교의 시조인 천마(天魔)가 어떠한 경로로 깨닫게 되었다는 것이다. 그리고 황룡을 봉인한 비슷한 방법으로 현무를 봉인했다. 그 부산물인 마단(魔團)을 마음껏 만들어 내기 위해서이지. 또 같은 방법으로 이백오십 년 전, 북해빙궁이 주작을 봉인했다. 그들은 빙단(氷團)을 만들었다 하는데 아쉽게도 빙단은 사람의 체질을 바꾸지는 못하고 그냥 얼어 죽게 한다고 들었다."

그 말에 운정은 머릿속이 조금 밝아지는 듯했다.

"두 신이 봉인되었기에 차원의 벽이 얇아졌군요."

"십여 년 전 백호까지 그리 되고 나니, 이계에서 마법사가 넘어올 정도로 얇아졌지. 애초에 현무와 주작 그리고 백호가 봉인되어진 것이 다 그들의 계획인지도 모른다. 죽었다가 다시 부활하여 전쟁 신으로 돌아가기 위함인 것이지. 현 상황에서는 오로지 청룡만이 황룡의 뜻을 받들어 수호신으로 남아 있고, 현무와 주작은 이미 환세에 성공하여 전쟁 신이 되었다."

운정은 마지막 사방신, 백호에 대해서 궁금해졌다.

"백호는 어떻게 되었습니까? 아직 봉인 중에 있습니까?"

혈적현은 고개를 끄덕였다.

"본 교에서 떨어져 나간 혈교라는 곳이 있다. 그곳의 혈교주는 백호의 심장을 가지고 있지. 백호는 거기에 봉인되어 있다. 백호 또한 현무와 주작과 마찬가지로 죽음에서부터 환세하게 되면 전쟁신이 될 것이다."

"현무는 마단, 주작은 빙단이었지요. 그럼 혈교에서 백호를 봉인함으로 얻는 것은 무엇입니까?"

혈적현은 운정이 그의 말을 지금껏 허투루 들은 것이 아님을 알았다. 집중하지 않았다면, 이런 질문을 결코 하지 못했을 것이기 때문이다.

혈적현이 대답했다.

"편의상 혈단(血團)이라 한다. 본래 다른 것을 지칭하는 것이지만, 지금은 백호로부터 나온 것을 혈단이라 하지."

운정은 그 말에 고심하며 말했다.

"마단은 사람을 역혈지체로 만든다고 알고 있습니다. 인간은 토(土)에 속하지요. 현무의 부산물로 나오는 마단(魔團)은 현무의 속성인 수(水)의 반대인 반수(反水)일 겁니다. 이것을 상생상극(相生相剋)으로 놓고 보면, 토극수(土克水)라 하였으니, 이것을 반수에 적용하면 토생반수(土生反水)가 되어 마단은 인간을 역혈지체로 만들게 되는 것이로군요."

"……."

"그러나 빙단은 사람의 체질을 변화시키지 못하고 죽였다고 하셨습니다. 빙단은 주작의 부산물인 만큼 반화(反火)의 기질을 가지고 있지요. 화생토(火生土)라 했으니, 이를 반화에 적용하면 반화극토(反火剋土)가 됩니다. 그러니 인간이 빙단을 먹으면 죽게 되는 건 당연한 이치가 되는 것이지요."

"……."

"혈단의 경우, 백호의 부산물이니 백호의 속성인 금에 반대되는 반금(反金)일 겁니다. 하지만 토생금(土生金)이니 이를 뒤집으면 토극반금(土剋反金)이 됩니다. 따라서 혈단을 인간에게 먹인다 하여, 반금의 몸이 될 수는 없습니다. 인간의 몸은 아마 혈단의 기운을 이겨 버릴 겁니다."

그 말을 듣고 있던 혈적현은 나지막하게 말했다.

"확실히 도문의 사람이라 오행에 대해 이해가 빠르군. 맞다. 방금 네가 말한 상생상극의 원리 때문에, 백호의 부산물인 혈단으로는 사람의 체질을 변화시키지 못한다. 더군다나, 혈교의 인물들은 모두 천살지체(天殺之體)인데, 이 천살지체는 백호의 부산물로 만든 반금(反金)의 신체가 아니다. 백호가 살아 있었을 때에 그 영향을 받아 자연적으로 탄생한 금(金)의 신체이지."

운정은 빠르게 덧붙였다.

"그리고 그건 토생금의 원리로 인해서 백호의 기운이 인간의 몸에 자연적으로 깃들 수 있었던 것이겠죠. 금을 제외한 다른 기운은 토를 타고난 인간의 몸에 깃들 수 없었을 겁니다. 또한 백호가 봉인되었으니, 더 이상 천살지체도 나올 수 없겠군요."

운정은 원래부터 하나를 배우면 열을 깨닫는 사람이다.

혈적현은 운정의 오성에 놀람을 감추지 못하며 고개를 끄덕였다.

"정확하다. 십여 년 전, 백호가 봉인되기 전에 태어난 한 여자아이를 마지막으로, 중원에는 더 이상 천살지체가 자연발생하지 않는다. 때문에 혈교도 봉인된 백호를 가지고 천살지체를 인위적으로 만들 수 있는 방도를 모색하는 것이다. 이대로 가면 천살지체가 자연적으로 멸족하게 되니까."

운정은 고개를 저었다.

"하지만 봉인을 통해서 나오는 부산물인 혈단은 금의 속성이 아니라 반금의 속성입니다. 그로 인해 체질이 바뀐다면 천살지체가 아니라 그 정반대의 체질을 타고날 것입니다."

"그 역시 정확하다. 그래서 지금 혈교는 심각한 고민에 빠져 있지."

그때 또다시 운정의 머리를 스쳐 지나가는 것이 있었다.

그가 빠르게 물었다.

"그럼 제갈극이 연구하던 혈마단(血魔團)은 무엇입니까?"

혈적현은 살짝 고개를 들며 되물었다.

"한번 맞혀 봐라. 너라면 맞힐 수 있을 것 같은데."

운정은 잠시 눈을 내리깔고 고민했다.

혈마단?

혈단과 마단?

그리고 뱀파이어(Vampire).

운정은 조용히 읊조리기 시작했다.

"뱀파이어. 그것은 언데드(Undead)입니다. 따라서 인간의 속성인 토(土)와 반대되는 반토(反土)이겠지요. 그리고 토생금(土生金)인 것처럼 반토생반금(反土生反金)일 것입니다. 따라서 인간을 언데드로 만들면 혈단을 쓸 수 있겠군요. 제갈극이 그것을 연구하던 것입니까?"

혈적현이 말했다.

"거기서 한 발 더 나가야 한다. 금생수(金生水)와 같은 원리로 인해 반금생반수(反金生反水)가 성립된다. 그리고 역혈지체는 반수(反水)의 지체이지. 따라서 혈마단은 토를 반토로 그리고 다시 반금으로 그리도 또다시 반수로 만들어, 결국 마단과 마찬가지로 역혈지체를 이룩하게 한다. 그 과정이 훨씬 복잡하고 어렵지만, 제갈극은 이계의 마법을 통해 성공해 냈다."

"……"

운정은 잠시 말이 없었다. 일단 오행의 이론에 따르면 가능하긴 하지만 그건 어디까지나 이론적인 것이다. 인간이 역혈지체가 되는 그 한 번의 변화에서도 수없이 많은 고통과 부작용이 뒤따른다. 세 번이나 체질의 변화를 거치게 되는 건 말처럼 쉬운 것이 아니다.

둘 다 말이 없자 그때까지 듣고만 있었던 조령령이 따분하다는 듯 기지개를 켰다.

"오행이든 상생상극이든 뭐든, 난 다 모르겠어! 교주! 아버지가 바라는 건 저 황룡의 봉인이 풀리는 거야. 그거 해 주면 안 되는 거야?"

혈적현은 단호하게 대답했다.

"절대 불가하다. 말했다시피, 행여나 황룡이 여인의 몸을 통해 탄생한다면 모든 인간이 소멸하게 된다."

운정은 그 말을 듣자 문득 그 여인의 배가 살짝 불러 있는 것을 볼 수 있었다. 마치 임신한 여인의 그것과 같았다.

그가 나지막하게 물었다.

"설마 황룡이 실제로 저 여인의 모태에 있는 것입니까? 그 태아에 말입니다."

혈적현은 고개를 끄덕였다.

"그녀는 보통 체질이 아니다. 천음지체(天陰之體)라 하지. 반화(反火)의 신체이다."

운정은 더욱 이해되지 않는다는 듯 고개를 갸웃했다.

"화생토(火生土)이니, 반화극토(反火剋土)입니다. 어떻게 반화의 몸에서 토(土)의 신인 황룡이 탄생할 수 있습니까?"

혈적현은 눈을 감으며 대답했다.

"그래서 그녀는 반화의 기운에 상반되는 화(火)를 모았었다. 음양의 조화를 통해서."

"……."

"그렇게 모으고 또 모은 화가 화생토의 원리로 인해 황룡의 씨앗이 된 것이다."

운정은 그가 말한 음양의 조화가 무엇을 뜻하는지 알았다.

그리고 또 저 여인은 피월려의 연인이라는 말도 들었다.

그러니 황룡이 깃든 태아가 누구의 자식인지는 불 보듯 뻔하다.

운정이 말을 안 하고 있자, 혈적현이 더 말을 이었다.

"피월려와 나, 그리고 제갈극은 현실에 태어나려는 황룡을 막고 낙양에 봉인되어 있던 원래의 상태로 되돌리려 한다. 만약 모든 것을 시도해도 그것을 이뤄 내지 못한다면, 우리는 최후의 선택으로 황룡을 죽일 것이다. 물론 그것이 어떤 영향을 일으킬지는 아무도 모르지. 그래서 못 하고 있는 것이고. 하지만 적어도 모두가 소멸하는 것은 막을 수 있을 것이다."

황룡을 죽인다.

그것은 바로 황룡이 깃든 태아를 죽이는 것이다.

운정이 조용히 대답했다.

"그렇군요. 이해했습니다."

혈적현은 눈을 뜨고 조령령에게 시선을 두며 말했다.

"청룡궁의 사자, 나는 청룡궁의 사자가 이와 같은 사실을 청룡에게 전했으면 한다. 청룡의 목적은 황룡을 따르는 것이라 들었다. 그것이 꼭 황룡의 환세라고 볼 수는 없어."

조령령은 얼굴을 잔뜩 찌푸리며 말했다.

"솔직히 말할게. 지금까지 무슨 말인지 하나도 모르겠어."

혈적현은 한숨을 쉬더니 말했다.

"그러니까, 청룡이 목적을 잘못 생각하고 있다는 것이다. 사방신이 수호신으로 돌아가는 것이 황룡의 뜻이니까, 그것을 이루기만 하면 황룡이 환세할 필요까진 없다는 것이다. 한마디로 말하자면, 황룡이 봉인에서 풀려 환세하는 것은 사방신이 수호신으로 남는 것과는 별개의 문제라는 것을 청룡에게 말해 달라는 것이다."

조령령은 눈초리를 더 모으더니 곧 고개를 마구 저으면서 손으로 귀를 틀어막았다.

"아, 몰라, 몰라. 나, 이해 못 하겠어. 봉인 풀어 달라고. 그냥!"

혈적현이 어이없다는 표정을 지으며 운정을 보았다. 청룡궁의 사자가 맞기는 하냐는 눈빛이다.

운정이 그녀에게 물었다.

"령령아, 지금 청룡과 의사소통을 할 수 있니? 가능했던 것으로 보였는데."

그 말에 혈적현의 표정이 살짝 굳었다. 왜냐하면 만약 그것이 사실이라면 조령령을 통해서 청룡이 천마신교 내부를 제 손바닥 보듯 훤히 보고 있는 것일 수도 있기 때문이다.

하지만 다행히도 조령령은 고개를 저었다.

"안 돼. 안 돼. 내가 아버지한테 말할 수도 있긴 한데, 내가 이해도 못 한 걸 전할 수는 없어."

"왜 그렇지? 그냥 들은 말을 그대로 해 주면 되지 않아?"

조령령은 답답하다는 듯 대답했다.

"그런 게 아니야. 내가 말을 잘못했네. 막 아버지랑 나랑 말을 주고받는 게 아니야. 그러니까 언어로 대화하는 게 아니라고. 머리로. 그냥 정신으로 대화하는 거야. 무슨 말인지 알겠어?"

혈적현이 툭 하니 말했다.

"감응(感應)하는 것이로군."

조령령은 알 듯 말 듯한 표정을 짓다가 곧 다시 고개를 저었다.

"몰라, 그건지 아닌지는. 아무튼. 내가 이해 못 한 걸 아버지한테 말해 줄 수는 없어. 그냥 내가 이해한 대로, 인간이 다 소멸할까 봐 봉인을 못 풀어 주겠다 정도로 아버지도 이해하실 거야."

혈적현은 이마에 손을 얹고는 말했다.

"그 정도로 설득이 안 될 것이다."

운정은 혈적현을 보았다.

"될지도 모릅니다. 청룡 본인이니 그 옛날 본인이 환세했을 때에 그에게 속한 요괴들이 모두 소멸했다는 것을 기억한다면, 이를 빗대어 우리의 입장도 충분히 이해할 것입니다."

혈적현이 힘없는 목소리로 말했다.

"만약 그랬다면 진작 우리와 화친을 했어야 하지. 청룡이 그 사실을 몰라서 우리와 척을 진다 생각하나? 그저 인간의 소멸에 아무 관심도 없는 것이야. 그래서 인간이 소멸하든 말든 가장 효율적인 방도를 취할 것이고, 때문에 나는 황룡을 다시 낙양에 봉인시키는 것이 가장 효율적인 방도라 설득하려는 것이다. 내 말이 이해가 가나?"

운정은 고개를 끄덕였지만, 혈적현의 생각에 완전히 동의하지는 않았다.

"이해는 갑니다만, 인간이 전부 소멸하리라는 것도 추측에 불과하지 않습니까? 만약 그 추측이 틀렸더라면, 청룡의 입장에선 우리가 황룡을 봉인해 놓고 말도 안 되는 억지를 부리고 있는 겁니다."

혈적현은 팔짱을 꼈다.

"물론 그럴 수도 있다. 하지만 만약 청룡이 우리를 속이는 거라면? 인간이 소멸하지 않으니까, 봉인을 풀라 해서 풀었더니, 모두 소멸한다면? 그러면 어떻게 책임질 것이냐? 아니, 같이 소멸하여 책임을 질 수도 없겠지."

운정은 심호흡을 한 번 한 뒤에 조용히 대답했다.

"제가 나중에 직접 청룡궁에 다시 가서 그에게 말을 전하겠습니다. 그리고 답을 받아 오겠습니다. 전 속지 않습니다. 그러니 믿어 주십시오."

"속지 않는다? 뭔가 특별한 심공을 익혔다는 말이겠지. 하지만 그것이 과연 신에게도 통할 것인가?"

운정은 조금 더 고민한 뒤에, 말했다.

"그렇다면 엘프를 데려가면 됩니다. 엘프는 거짓을 간파하니까요. 그리고 엘프의 오행속성은… 백호가 봉인되어서야 미내로가 차원이동이 가능했다는 사실로 추측하건대……."

혈적현은 전에 피월려가 그에게 해 줬던 말을 기억했다.

"금(金)이다. 주소군이란 자가 있는데, 그가 월려에게 그렇게 말해 줬다는 것을 들었었다. 이계의 요괴의 속성은 금이라고."

운정은 고개를 끄덕였다.

"그리고 금극목(金剋木)이지요. 금극목의 원리로 인해서 금에 속한 엘프는 목에 속한 청룡의 거짓까지 간파할 수 있을 겁니다."

"……"

"그러니 절 믿어 주십시오."

어두컴컴하기 짝이 없는 미래.

저 멀리 한줄기 희망의 빛이 스며든다.

혈적현은 자기도 모르게 호흡이 가빠지는 것을 느꼈다.

"후우. 그렇군. 그래. 그것을 통해서 인간이 소멸한다는 그 가설이 진실인지 아닌지 파악할 수 있겠어."

몇 년 만인지 모르겠다.

혈적현은 갑작스레 찾아온 안도감이 너무나 낯설었다.

운정은 거기서 멈추지 않고 더욱 생각을 깊이 했다.

"아마, 엘프와 인간이 차원이동이 가능한 이유도 백호와 황룡이 봉인되었기 때문일 겁니다. 이로 미루어 짐작할 때 환세한 상태인 주작, 현무, 그리고 청룡에 속한 것은 차원이동이 불가능하겠습니다. 아니, 주작과 현무는 더 이상 수호신이 아니기 때문에 가능할지도 모르겠군요. 하지만 여전히 수호신으로 있는 청룡은… 확실합니다."

그렇게 말한 그는 자연스레 조령령을 볼 수밖에 없었다.

그녀는 눈을 동그랗게 뜨고 운정을 보았다.

운정은 조금 고민하더니 그녀에게 말했다.

"령령아, 네가 이계에 가는 것까지는 가능할지 모르겠다. 하지만, 한번 가고 나면 중원으로 돌아오지 못할 수 있겠어. 청룡이 봉인되지 않는 한 말이야."

그 말에 조령령의 눈동자가 더욱더 커졌다.

＊   ＊   ＊

해가 저문 술시 초.

조령령은 침울한 표정으로 식탁 앞에 앉아 있었다.

서너 사람이 먹을 양을 홀로 다 먹었지만, 평소에 비하면 매우 입맛이 없는 것이다.

운정은 가만히 서서 그녀를 내려다보다가 말했다.

"이제 가야 해. 나와 함께 가기로 결정했으면, 옆방에 있는 마법사들과 함께 내가 말한 곳으로 와. 네가 보이지 않으면 중원에 남기로 결정했다 생각할게."

"……."

조령령은 쉽게 대답하지 못했다.

운정이 떠나는 지금까지도 중원에 남아 있어야 할지 아니면 이계로 가야 할지 도저히 결정을 내릴 수 없었다.

운정은 침울한 표정을 한 그녀의 결정을 기다리고 싶었다.

하지만 그도 중대한 문제를 앞두고 있었다.

무림맹의 백도 고수들을 어떻게 처리할 것인가?

그는 아직 그에 대한 답을 찾지 못한 상태였다.

하지만 이제는 가서 마주해야 한다.

운정이 말했다.

"갈게."

조령령은 운정을 보지 않다가 그가 몸을 돌리고 나서야 고개를 들고 그 뒷모습을 지켜보았다.

낙선향 밖에는 한 남자가 운정을 기다리고 있었다. 수많은 전투의 흔적이 고스란히 녹아 있는 그 얼굴은 낙선향의 글자가 쓰인 현판을 향해 있었다. 운정이 나오자, 그 남자는 눈길만 내려 운정을 보았다.

"좋은 이름이오. 낙선향이라. 본 교에 입교한 무당의 인물의 거처로 이만큼 적당한 이름이 없겠소."

자신감 넘치는 목소리 중심에는 마기 한 줄기가 내포되어 있었다. 강직하고 또 곧았다.

운정은 포권을 취하며 말했다.

"운정입니다. 서 장로께서 보내신 분입니까?"

그 남자는 입술을 내밀면서 고개를 저었다.

"설마. 내게 명을 내릴 수 있는 건 교주뿐이오. 팔 병신에 눈 병신이지만 교주는 교주니까. 뭐, 명령은 들어야 하지 않겠소?"

"......"

그는 광오하기 이를 데 없는 말을 하며 포권을 취했다.

그러곤 시익 웃으며 이를 내보였다.

"신균이오."

운정은 그 이름을 알았다. 천마신교 내 숨겨진 최강자들 중 꼭 거론되는 인물이기 때문이다.

"흑룡대주(黑龍隊主)시군요."

신균이 포권을 내리면서 더욱 미소를 지었다.

"인사할 때 자기 이름만 툭 내뱉는 거, 그거 꽤 멋있는 것 같소. 어차피 내 이름을 모르는 사람도 없는데 굳이 내 이름

앞에다가 흑룡대주를 붙일 필요는 없지 않겠소? 운 장로에게 좋은 것을 배웠군."

운정도 마주 웃었다.

"괜히 백도의 미덕 중 겸손이 있는 것이 아니지요."

"그니까 말이오. 겸손한 건 별로 멋이 없는 줄 알았는데. 하하하. 일단 갑시다. 내가 오는 길에 배가 고파져서 국수를 먹느라고, 좀 늦었소. 조금 빨리 걸어도 되겠소?"

"교내에선 경공이 금지되어 있는 걸로 압니다만."

"뭐, 그럼 어디 한번 잡아 보라고 하지. 감히 정보부나 감찰부의 마인들이 내 길을 막을지 나도 궁금하오. 게다가, 지금 거의 다 무림맹으로 가서 남아 있는 애들도 없을 것이오."

그렇게 말한 그는 갑작스레 경공을 펼쳐 달려 나가기 시작했다.

운정은 이상하게 그가 마음에 들었다.

그 또한 내력을 운용하여 제운종을 펼쳐 그의 옆에 따라붙었다.

그 둘은 빠르게 천마신교 낙양본부의 밖을 향해 움직였다. 담은 그들에게 아무런 걸림돌도 되지 않았다.

신균이 물었다.

"듣자하니, 흠 장로를 흠씬 두들겨 줬다는데 사실이오?"

운정은 아무런 감정을 내비치지 않으며 대답했다.

"일각 이내의 짧은 비무였습니다. 흠 장로께서 비기기 싫었는지 무리해서 힘을 내셨고, 그 빈틈을 노린 것에 불과합니다. 아마 아무런 조건도 없는 생사혈전이었으면, 누가 이겼을지는 몰랐을 겁니다."

"글쎄. 내 대원 중 하나가 몰래 그 싸움을 봤소. 그녀가 말하길 운 장로는 입신의 고수인 것 같다고 했소. 입신의 고수라면 초마인 흠 장로를 얼마든지 두들겨 줄 수 있지 않소?"

"제가 입신인지 아닌지는 저도 확실히 모르겠습니다."

신균은 피식 웃었다.

"하여간 그 소리는 다들 하나 보오."

운정은 순간 궁금증이 들어서 물었다.

"입신인지 모르겠다는 것 말입니까?"

신균은 고개를 끄덕였다.

"백도인도 그렇고 흑도인도 그렇고. 초절정이나 초마 끝자락에 있는 사람이면 다들 그렇게 느끼는 것 같소. 입신의 경지는 무엇이지? 내가 과연 입신에 올랐나? 다른 초절정이나 초마보다는 센 거 같은데? 하지만 아직 한 발자국 남은 것 같기도 하고? 뭐, 이러면서 말이오."

"……"

"자기뿐만 아니라 모두가 입신이라 확신했던 사람은… 흐음, 검선 이소운이 유일했지? 무당에 계셨으니 잘 아시리라 믿소.

검선이야말로 그가 입신의 고수인 것에 대해서 누구 하나 반론이 없었소."

운정은 문득 사부의 말이 생각났다.

"제 사부님은 생각이 달랐습니다. 반로환동을 하였다 하여 입신에 들었다고 할 수는 없다고 하셨지요."

그 말에 신균이 살짝 미소를 지었다.

"오호? 무당파 내에선 또 아니었나 보군."

운정은 번뜩 생각나는 사람이 있어 말했다.

"얼마 전 심검마선과 대화를 나눈 적이 있습니다. 그때 심검마선께서도 본인이 입신에 오르지 않았다고 말했던 것 같습니다. 천마신교에선 다들 입신의 고수라고 칭송하는데 말입니다."

신균은 몇 번이고 고개를 끄덕였다.

"그러니까 말이오. 입신의 고수란 건 정말 뜬구름 잡는 소리 같소. 운 장로의 스승님이 말한 것처럼 반로환동이 입신의 증거가 되지 못한다면? 그럼 무한한 내력은 어떻소? 금강불괴는? 만독불침은? 능공허도는? 옛날에는 그런 것이 입신의 잣대였소. 하지만 오랜 세월 무공은 비약적으로 발전했소. 그래서 아예 처음부터 작정하고 그런 효과들만 노린 무공을 익히면 입신에 이르지 않아도 충분히 이룰 수 있는 것들이 되었소. 특히 마공은 더 심하지. 억지로 하는

감이 있으니까."

운정은 신균을 힐끗 보았다.

신균은 천성적으로 싸움을 좋아해서 직위를 맡는 걸 싫어한다는 소문은 이미 교내에 파다하게 퍼져서 운정도 알고 있을 정도였다. 거의 극성으로 펼치는 제운종을 바로 옆에서 잘만 따라가고 있는 걸 보면 그 또한 초마의 끝자락에 있는 사람이 아닌가 한다.

운정이 물었다.

"그럼 신 대주께서는 입신의 잣대가 무엇이라 생각하십니까?"

신균은 경공을 펼치는 도중에 팔짱을 끼며 말했다.

"없는 것 같소, 입신이고 뭐고 그런 거."

"……"

"각 시대의 최강자. 그들이 보여 준 모습들, 예컨대 무한한 내력이나 금강불괴, 만독불침, 능공허도, 그리고 심검미선이 선보인 심검까지. 내가 봤을 땐 그런 것들이 하나하나 모여서 가상의 존재를 만들어 낸 것이 아닌가 하오."

"가상의 존재?"

신균은 혀를 한 번 차더니 말했다.

"용 말이오, 용. 용과 같지. 이런저런 동물의 부위들을 떼다가 하나에 때려 박으면 그게 용 아니오? 난 입신의 고수가 그런 거라고 보오. 용이 실체가 없듯, 입신의 고수도 실체가 없는 것 같소."

"……."

"그렇지 않소?"

다만 용은 실체가 있다.

운정은 그가 본 것에 대해서 말하지 않았다.

그가 말이 없자, 신균도 더 말하지 않았다.

그들은 얼마 지나지 않아, 무림맹 건물 앞까지 당도했다.

무림맹(武林盟).

백도의 중심으로 구파일방을 비롯한 수많은 백도문파의 인원들이 모여서 중원의 대소사를 논하는 곳이다. 중원 전체의 질서를 바로잡는 곳이기도 하며, 흑도의 최고봉인 천마신교를 견제하는 곳이기도 하다.

백도인의 성지. 하지만 이제 그곳은 수많은 마인들에 의해서 겹겹이 둘러싸여 있었다. 그 마인들이 내뿜는 마기로 인해서 일반인은 숨조차 제대로 쉴 수 없는 압박감이 절로 만들어졌다. 지금은 낙양에서 사람들이 가장 활발히 활동할 시간인데도, 무림맹 주변으로는 무림인을 제외하고 아무도 없었다.

마인들은 제각각의 무기를 들고 있었다. 독문 무공을 익힌 사람이 절대다수인 흑도답게, 중원 어디서도 보지 못한 창의적인 독문 무기도 심심치 않게 보였다.

낙양은 기본적으로 무기 소지를 금했고 이렇게 많은 무인들이 활동하는 것 또한 제한하는데, 이를 제어해야 할 황궁의 백운회는 코빼기도 보이질 않았다.

신균은 자연스럽게 무림맹의 대문 쪽으로 향했다. 그곳에는 극마급 고수들이 모여 있었는데, 그들이 공손히 인사함에도 신균은 본 척도 안 하고 갈 길만 걸었다.

극마급은 대주가 될 수 있는 수준이라 여러 대원들을 통솔하게 마련이다. 하지만 그들에겐 부하가 없는 듯했다. 그들 하나하나가 일개 대원이라는 뜻인데, 극마급 마인이 일개 대원인 곳은 고지회를 제외하면 하나밖에 없었다.

흑룡대(黑龍隊).

천마신교 최강의 부대는 대주인 신균에게 인사함과 동시에 마기 어린 시선으로 운정을 바라보았다. 마치 적이라도 대하듯 그의 모든 것을 관찰하며 자기들끼리 수군거리기도 했다. 운정은 그 살벌한 마기 속에 걸으면서도 표정에 일절 감정이 없었다.

천마신교 포위망에서 무림맹까지 가장 가까운, 그러니까 무림맹 대문에서 대략 10장 거리에, 한 노파가 가만히 뒷짐을 지고 있었다. 그녀는 운정과 신균이 다가오는 소리를 듣고는 고개를 돌렸다.

교육부 장로, 서가령이었다.

"왔는가?"

신균은 그녀 옆에 서면서 대답했다.

"무림맹에선 아직 답이 없습니까?"

서가령은 다시 고개를 돌려 무림맹의 대문을 보았다.

"공식적으론 없네. 몰래 하나둘씩 빠져나와 항복하는 애들을 제외하면 말이야."

"안에 얼마나 더 있습니까?"

"뭐 항복한 자들을 심문해서 얻은 자료는 있지만, 다들 자기 사문의 숫자만 알 뿐이야. 그래서 한 명도 항복하지 않은 문파의 숫자는 얼마나 되는지 모르지."

"그런 곳이 있습니까?"

"딱 한 곳이네. 곤륜파가 손을 떼자, 무림맹의 수장 역할을 하고 있지. 이제 시간이 되었으니, 답이 오겠군."

그때 갑자기 무림맹 대문이 벌컥 열렸다.

그러곤 세 명의 백도 고수들이 빠르게 경공을 펼치면서 앞으로 치고 나갔다. 그들은 모두 매화가 그려진 도복을 입고 있었다.

"고, 공격하지 마시오! 하, 항복이오!"

"항복하겠소!"

그들은 마인들을 향해서 다급히 외쳤는데, 마인들은 그 꼴을 보면서 비웃음을 숨기지 않았다.

그런데 그때, 누군가 대문으로 그들을 따라왔다. 냉랭한 표정을 한 그 남자는 그들과 같은 옷을 입고 있었다.

그가 검을 휘둘러 네 발의 검기를 쏘았다. 앞서 달려 나간 이들은 마인들에게 정신이 팔렸는지, 자신들의 뒤로 검기가 날아온다는 사실도 알지 못했다.

팟-! 파바닥-!

검기가 네 고수들을 등을 후려쳤다. 그들은 그대로 앞으로 꼬꾸라졌는데, 모두 허리가 끊겨 살아나도 다시는 예전처럼 검을 휘두를 수는 없을 것처럼 보였다.

동문을 죽인 백도 고수는 검을 움켜쥐고 높이 들면서 서가령을 향해서 말했다.

"오늘 무림맹이 마교에게 무릎 꿇을 일은 없을 것이다! 당장 마인들을 물리지 않으면, 흑백연합의 협약은 깬 것으로 알고 너희 마교를 심판할 것이다!"

그의 외침이 끝남과 동시에, 대문에서 다른 백도 고수들이 쏟아져 나왔다.

하나, 둘, 셋, 넷, 열, 스물, 서른, 마흔…….

계속해서 나온 고수들의 총숫자는 백여 명을 조금 넘는 듯했다.

그 모습을 본 신균은 허리를 젖히고 광소했다.

"크하하! 크하하! 겨우 백 명? 백 명이다? 백도가 이리 죽었는지는 몰랐구나! 백도의 중심이라는 무림맹에서 결사 항전을 택한 이가 겨우 백 명에 불과하다는 것이냐? 게다가 그 수준을 보아하니 그 반은 절정에도 미치지 못하는 구나! 초절정에 이른 자는 한 손의 손가락도 못 채울 지경이고!"

"……."

그의 말에 무림맹 쪽에선 아무런 말도 없었다.

신균은 웃음을 그치더니 양손을 벌리며 말했다.

"하지만 봐라. 본 교에선 오백이 넘는 고수들이 왔다. 그뿐이라! 본 교 최강의 부대인 흑룡대가 직접 마중 나왔느니라! 너희들 정도는 우리 흑룡대만으로도 충분히 상대할 수 있지. 크하하! 무림맹의 처지가 어쩌다 이렇게 되었느냐! 본 교의 일개 부대가 상대할 수 있을 지경이라니 말이다."

더 이상 모욕을 참지 못하겠다는 듯, 처음 나온 남자가 앞으로 한 발을 구르며 말했다.

"흑도인이면서 혓바닥만 길구나! 우리 한 사람, 한 사람 모두가 결사 항전을 할 것이다! 그러니 더 잔말 말고 무기를 뽑아라! 우리가 비록 이기지 못하더라도, 너희 천마신교에게 씻을 수 없는 상처를 남겨 주마! 저승에서 먼저 기다리고 있을 것이다!"

그 남자의 말에 백도 고수들의 눈빛이 모두 똑같이 변했다.

흔들림이 없는 강렬한 투지.

그들 모두는 단 한 사람이 남는다 할지라도 마지막까지 투항하지 않을 것이 분명했다.

서가령은 운정을 돌아봤다.

"운정 도사."

"……"

"교무회의 때 말씀하신 것처럼 저들을 처리하시오. 그러면 난 운정 도사를 운 장로로 받아들이겠소."

어찌할 것인가?

어떻게 유혈 사태를 막을 수 있다는 말인가?

운정은 조용히 세 발자국 앞으로 나갔다.

모두의 시선이 그를 향한 가운데, 운정이 가장 앞에 선 그 백도 고수에게 말했다.

"호 소협, 나를 기억하시오?"

그 남자, 매화검수 호순의 눈이 부릅떠졌다.

"서, 설마! 우, 운정 도사?"

"예, 접니다."

운정이 대답하자, 호순은 믿을 수 없다는 듯 고개를 몇 번이고 흔들었다.

그의 시선은 운정의 등 뒤에 매달린 영령혈검에 가 있었다.

그가 굳은 표정으로 으르렁거리듯 외쳤다.

"태극지혈!"

운정은 고개를 저었다.

"이것은 영령혈검이라 합니다. 이것은 내 마를 토해 내 만든 것으로 태극지혈과는 다른 것입니다. 설마 제가 태룡향검의 것을 빼앗았겠습니까? 태극지혈은 천마신교에 그대로 있습니다."

좀 더 자세히 보니, 이런저런 차이점이 눈에 띄기 시작했다.

호순은 몇 번 심호흡을 하며 진정하더니 곧 눈초리를 가늘게 모으고 말했다.

"운정 도사, 알아볼 수 없을 만큼 기세가 달라지셨소. 내가 마지막으로 봤을 땐, 그저 어린애에 불과했는데. 불과 한 달 사이에 많은 성장이 있었나 보오."

"무공 수위는 비슷합니다. 단지 그 근원이 무당의 정기에서 다른 것으로 바뀌어, 고갈의 위험성이 없다는 것뿐이지요."

호순은 한쪽 입꼬리를 올리며 냉소했다.

"마공이 좋긴 좋소? 안 그렇소? 사람이 가진 천성적인 더러운 기질을 이용하니 동이 날 일이 없으니까! 참으로 달라지셨군."

운정이 보기에 진짜 변한 건 호순이었다.

호순은 운정의 기억에 그리 깊은 인상을 남긴 적이 없었다. 운정이 호순의 이름을 떠올린 것도 우연일 뿐, 호순이 기억될 만한 일을 했기 때문은 아니었다.

하지만 지금과 같은 맹호의 기세를 보니, 예전의 그와는 완전히 다른 사람이 된 것 같았다. 확신할 순 없지만 깨달음을 통해 초절정을 돌파한 것이 아닌가 싶었다.

운정이 뒤에 선 매화검수들에게로 시선을 움직였다.

다들 살기 어린 눈빛으로 운정을 바라보는데, 그 기세가 하늘을 찌를 듯했다. 그들 중 초절정을 이룩한 자도 몇몇 보였다.

절체절명의 위기를 만나면 죽거나 강해진다. 화산파 제자들의 수는 크게 줄었지만 살아남은 자들은 성장했다.

운정이 말했다.

"내 본신 내력은 마공이 아닙니다. 마기를 이용할 순 있으나, 엄연히 선기를 기반으로 합니다."

"선기? 무당파의 정기가 사라진 지 두 달 좀 넘었는데, 어떻게 선기를 사용하실 수 있다는 말이오?"

두 달이 좀 넘었다?

무당산의 정기가 사라진 것이 곡우(穀雨) 바로 전이었으니, 대략 70일 정도 지난 것이다.

운정은 그 수많은 일들이 고작 70일 동안 일어났다는 것을 믿기 어려웠다. 하지만 파인랜드에 있었던 시간이 10일이 안 되는 것을 생각하면 이상한 일도 아니다.

운정이 말했다.

"원한다면 당신들을 제압하는 과정에서 오로지 선공만을 사용해, 내가 선공을 익혔다는 것을 증명해 보이겠습니다."

그때 호순 뒤에 서 있던 한 남제자가 앞으로 한 발 나오며 소리쳤다.

"선공은 무슨! 네놈은 매화검수 소청아를 죽이지 않았더냐! 아무런 잘못도 없는 그녀를 죽여 놓고 어떻게 선공을 펼칠 수 있다는 것이냐!"

"……"

"너로 인해서 화산은 멸문 위기에까지 처했다. 네놈은 절대로 용서할 수 없어! 오늘 화산파가 끝장나든 네가 끝장나든 둘 중 하나는 죽을 것이다!"

그러자 호순이 양팔을 들어서 그 둘을 저지했다.

"석왕조! 뒤로 물러가라!"

석왕조는 분노 어린 시선으로 호순을 바라보며 동시에 말했다.

"사형! 어찌 뒤로 물러가라 말씀하실 수 있습니까! 저자가 청아를 죽였습니다! 저자라고요! 사형이 못 보셔서 그렇습니다! 사형이 직접 두 눈으로 청아가 죽는 장면을 보셨다면, 이미 검을 출수하셨을 겁니다!"

호순은 엄한 눈길로 그를 돌아보더니 다시 말했다.

"뒤로 물러가 있어. 어차피 천마신교와는 생사혈전을 하게 될 것이다. 그러니 싸움에 임하기 전 저자의 입을 통해서 확인하고 싶은 것이 있다. 그러니 뒤로 물러가라. 더 말하지 않을 것이다."

석왕조는 입술이 피가 나도록 물며 입을 다물었다. 하지만 대열로 돌아가진 않았다.

호순은 운정을 지그시 바라보면서 말을 이었다.

"내가 없었을 때, 운정 도사가 소청아를 죽였다 들었소. 정채린은 이계의 마법을 부렸다고도 했고. 이에 관해서 난 운정 도사의 말을 듣고 싶었소. 운정 도사께서 말씀해 주시오. 그들의 말이 사실이오?"

운정은 담담하게 대답했다.

"제가 소청아를 죽인 것은 사실입니다. 그러나 그건 제가 마기에 젖어 제정신이 아닐 때에 행한 일입니다."

그 말에 매화검수들의 몸에서 살기가 폭사되었다. 그들 중 몇몇은 결국 참지 못하고 욕설을 내뱉었다.

"저 망할 놈이!"

"잘도! 뻔뻔한 놈!"

"제정신이 아니었다고? 그런 망발을!"

그러자 운정이 덧붙였다.

"그 일에 관해서는 저 또한 매우 죄스럽게 생각합니다. 이를 보상할 방도만 있다면 목숨을 바쳐서라도 해낼 것입니다."

그 말에 욕설은 더욱더 커졌다.

호순은 다시금 손을 들어서 모두를 제지한 뒤에, 운정에게 말했다.

"이미 사람을 죽였소. 그런데 어떻게 되돌릴 수 있다는 것이오?"

운정이 말했다.

"그녀는 현재 생강시와 같은 형태로 살아 있습니다. 뱀파이어라고 하는데, 살아생전의 자아와 기억 그리고 자의를 가지고 있습니다. 그녀가 대가로 바라는 것이 있다면 그것을 들어줄 생각입니다."

"그것이 운정 도사 당신의 목숨이라면? 그녀 앞에서 자결이라도 할 것이오?"

운정은 고개를 저었다.

"솔직히 말해 당장은 어려울 듯합니다. 저 또한 신무당파를 개파하여 이를 책임져야 하는 입장이기 때문입니다. 그러나 만약 신무당파가 자리를 잡고 제가 더 이상 필요하지 않게 된다면, 그렇다면 그녀가 요구한 대로 목숨을 내줄 수 있습니다."

석왕조는 매화검을 뽑아 들어 운정을 향해 검날을 세우며 외쳤다.

"개자식이! 말만 번지르르하게! 사형! 그냥 싸웁시다. 저놈은 죽어야 말이 통하는 놈입니다!"

그러자 뒤에 있던 한 매화검수가 덩달아 외쳤다.

"그래요, 대주! 석 사형 말처럼 저자는 화산의 철천지원수입니다. 대매화검진의 위력을 보여 줍시다! 마공으로 아무리 강해졌다고 해도 대매화검진이면 저자를 충분히 심판할 수 있을 것입니다!"

그것을 시작으로 매화검수들의 말소리가 점점 더 커지기 시작했다.

그렇게 분위기가 험악해져 가자, 호순은 내공을 담아 큰 소리로 외쳤다.

"갈(喝)!"

"……"

"……"

그의 한마디에 모두가 숨을 죽였다.

그는 조용해진 매화검수들을 바라보며 말했다.

"여기엔 지금 우리만 있는 것이 아니다! 정도를 함께 걷는 백도의 동포들도 함께 있다. 이런 상황에서 우리의 사사로운 원한을 갚을 생각만 하는 것이냐! 모두 제정신을 차리고 화를 죽여라! 화를 내면 낼수록 화산의 검이 무뎌진다!"

그렇게 일갈한 그는 운정을 향해 다시 고개를 돌렸다.

그러곤 포권을 취했다.

"추태를 너그럽게 이해해 주시면 좋겠소."

운정은 마주 포권을 취했다.

"아닙니다. 계속하십시오."

호순은 포권을 내리고 말했다.

"소청아가 그 생강시가 되었다 하여 묻는데, 그럼 그녀에게 당시 사건을 물어볼 수도 있다는 뜻이오?"

"그녀가 원한다면 가능합니다. 그뿐만 아니라 정채린 소저도 천마신교에 있으니, 그녀를 통해서도 알아볼 수 있을 겁니다."

호순은 잠시 뒤를 돌아봤다. 그의 시선은 한 여제자를 향했는데, 그 여제자는 호순의 시선을 느끼고는 고개를 끄덕여 보였다.

운정은 그녀의 이름이 손소교인 것이 기억났다. 그녀는 많은 매화검수들 중에서도 항상 침착하고, 냉정한 사리 판단을 하는 여인이었다.

호순은 손소교의 동의를 얻고는 다시 고개를 돌려 운정을 보았다.

"그들과 만남을 주선해 주었으면 하오. 당시의 정황을 정확하게 알고 싶소."

운정은 고개를 끄덕였다.

"물론 그렇게 하겠습니다. 그럼 투항하시겠습니까?"

그 말에 호순은 누군가 찬물을 끼얹은 것 같은 기분을 느꼈다.

투항?

투항하라?

그는 허탈하게 웃어 버렸다.

"하하하. 하하하."

"……"

진득한 허무함이 담긴 그 웃음이 끝나자, 무미건조한 목소리가 그 자리를 대신했다.

"하기야, 당시 정황이 이제 와서 무슨 상관이 있겠소? 천마신교는 그 이빨을 드러냈고, 낙양을 집어삼키려고 하고 있는데 말이오. 모든 것이 다 밝혀진다 한들, 천마신교에 굴복할수 없다는 사실에 변하는 것은 없소."

그 말에 석왕조가 호순에게 말했다.

"사형! 모르시겠습니까? 이때를 위하여 다 저자가 꾸민 일인 것입니다! 우리 화산파를 멸문 직전까지 몰아넣고 이렇게 천마신교의 먹이가 되게끔 유도한 것이지요. 저 간악한 자와 더 이야기해서 얻을 것이 무엇이 있겠습니까? 이곳에서 우리는 결사 항전을 해야 합니다!"

그 말에 호순의 눈이 바닥으로 향했다.

정확하게 말하자면, 자신이 검기를 날려 죽인 동문들을 향했다.

그들은 마지막 순간까지 갈등하다가, 대문이 열리는 순간 투항을 선택했다.

다른 이들이 동요되는 것을 막기 위해서, 그들을 직접 자신의 손으로 죽였다.

그로 인한 마성이 벌써 가슴에 자리 잡는 듯하다.

만약 여기서 투항을 선택한다면, 저들을 죽인 건 뭐가 되겠는가?

호순의 눈꺼풀이 들렸다.

그는 운정을 똑바로 바라봤다.

그 눈빛은 돌처럼 딱딱했다.

이내 결심한 그가 큰 소리로 외쳤다.

"무림맹의 고수들이여! 모두 들어라! 오늘 우리가 이곳에서 죽는다 할지라도 천마신교의 위세가 크게 줄어들 것이다! 우리로 말미암아 치명상을 입게 될 것이다! 천마신교는 결국 우리를 따라 저승으로 올 것이다! 그러니 고수들이여! 마지막 한 명까지 저들에게 백도의 무위가 무엇인지! 백도의 정의가 무엇인지! 백도의 저력이 무엇인지! 똑똑히 보여주도록 하자!"

그 말에 모든 무림맹 무사들이 다 같이 함성을 지르기 시작했다.

그러자 운정이 음성에 내력을 담아 모든 이의 마음을 울리도록 말했다.

"저 혼자 싸우겠습니다! 만약 저를 막으신다면 천마신교는 패배를 인정하고 물러나겠습니다! 하지만 제가 모두를 이긴다면 그땐 다들 투항하십시오! 당신들을 한 명도 죽이지 않을 것임을 약속하겠습니다! 그러니 전력으로 절 상대하시고 패배하신다면, 그 패배를 깔끔하게 인정하십시오! 저 또한 그렇게 할 것입니다!"

그의 말이 끝나자 모든 사람이 침묵했다.

무림맹은 무림맹대로.

천마신교는 천마신교대로.

운정의 선포로 인해서 갑작스레 찾아온 침묵은 서가령의 말로 인해 깨어졌다.

"그 무슨 광오한 말이오, 운정 도사? 운정 도사가 그런 걸 결정할 수는 없네."

운정은 바로 몸을 돌리고 서가령에게 말했다.

"결정할 수 있습니다. 전 외총부 대장로이며, 외부와 관련된 모든 일을 총괄합니다. 물론 서 장로께서는 절 인정하지 않으셨습니다. 하지만 서 장로께서는 이 일에서만큼은 제가 처리하라며 책임을 맡기셨습니다. 다시 말하자면, 이 일에 있어서는 서 장로께서도 제게 이래라저래라 하실 수는 없는 것입니다."

서가령이 뭐라 반박하려는데, 운정이 고개를 확 돌려서 호순을 바라보더니 말했다.

"제 말은 진심입니다. 만약 당신들 중 단 한 명이라도 날 이긴다면, 아니! 여러 명이어도 상관없습니다. 누구라도 나를 꺾는다면 이곳에서 보내 줄 것입니다. 그러니 괜히 천마신교 마인들을 상대로 힘을 빼지 마시고 오로지 저를 상대하시는 데 온 힘을 다하시면 될 것입니다!"

그 말을 하자 모두들 호순을 바라보았다.

호순은 갑자기 하늘을 보며 광소했다.

"하하하. 하하하. 하하하."

"……"

그는 곧 운정을 바라보더니 말을 이었다.

"좋은 제안이오. 하지만 난 운정 도사를 믿을 수 없는 입장이오. 아니, 내가 그렇게 하겠다고 해도, 여기 있는 백도의 동포들이 당신의 말을 믿을 수 있겠소? 그리고 당신은 당신의 말을 어찌 보장하겠소? 당신이 패배하면 저 마인들이 물러갈 것을 어찌 보장하겠느냐는 말이오? 지금 모두 물리겠소? 아니, 그렇다 해도 다시 오면 그만이오. 우리가 다 같이 도주한다 해도 추살하면 그만이지. 운정 도사, 난 당신의 진심이 느껴져서 좋았소. 난 당신을 믿소. 하지만 세상은 뜻대로 굴러가지 않는 법이오."

"호 소협!"

"그러니 이쪽도 저쪽도 아닌 애매한 입장은 버리시오. 이쪽에 서서 우릴 돕든, 아니면 저들 편에 서서 우리를 죽이든, 둘 중 하나를 하라는 말이오."

"……."

운정은 더 말할 수 없었다.

호순은 검을 뽑아 운정을 향해 뻗었다.

"모두 검을 뽑아라."

그 말에 매화검수를 포함한 모든 무림맹 고수들이 일제히 검을 뽑았다.

그에 반응하여 마인들도 모두 마기를 폭사시켰다.

모두들 자신들의 최고의 내공을 운용하여 전력을 다해 무기에 내력을 담았다.

운정은 눈을 감고는 한숨을 쉬었다.

살생을 피할 길은 없는 것인가?

그는 양손을 옆으로 뻗었다.

그러자 영령혈검이 저절로 움직여 그의 손에 잡혔다.

운정은 눈을 뜨고 그의 앞에 있는 매화검수들을 보았다.

살기 위에 살기가 쌓여 하늘로 치솟아 오르고 있었다.

운정은 미티어 스트라이크 마법을 떠올렸다.

누구라도 절대적 무위 앞에서는 무릎을 꿇는 법.

이렇게 된 이상 압도적인 무위를 선보여 그들 스스로 검을 놓게 만드는 수밖에 없다.

그는 전신의 내력을 운용했다.

그러자 오른손의 영령혈검에선 불길이 치솟아 올랐고,

왼손의 영령혈검에서는 안개가 생성되기 시작했다. 서서히 만들어지는 안개는 그 일대를 뒤덮기 시작했고 흐려진 시야에 뚜렷이 보이는 것은 영령혈검에서 치솟아 있는 불길만이 유일했다.

자연 만물을 다스리는 그 모습은 마치 신선과 같았다.

백도 고수 모두가 긴장한 표정으로 무기를 손에 잡았다.

일촉즉발의 상황.

정확히 그때, 코를 통해 스며드는 냄새가 있었다.

매화향(梅花香).

그 향기를 맡으니 온몸이 나른해지며 마음속의 투지가 증발하는 듯했다.

탁.

운정과 무림맹 고수들 사이에 누군가 사뿐히 내려앉았다.

그의 모습을 본 순간, 그를 뒤따라오는 바람이 있었다.

정확하게는 그가 들고 있는 길고 긴 쌍검이 몰고 온 바람이었다.

마치 매화꽃이 만개한 세상에서 온 것 같은 그 따스한 바람.

그것은 운정이 만들어 낸 안개를 모조리 몰아냈다.

다시금 시야가 밝아지고, 그 사람의 모습이 모두에게 보였다.

모든 매화검수들은 검을 내릴 수밖에 없었다.

그들은 한목소리로 외쳤다.

"태룡향검 어르신!"

"태룡향검 어르신!"

나지오는 그들을 보며 씩 웃었다.

"오냐."

『천마신교 낙양본부』 18권에 계속…